EL ÁNFORA DE BABILONIA

Pedro José Sierra Lira

El ánfora de Babilonia

Pedro José Sierra Lira

bubok
EDITORIAL

© Pedro José Sierra Lira
© El ánfora de Babilonia

Julio 2024

ISBN papel: 978-84-685-8254-2
ISBN ePub: 978-84-685-8253-5

Depósito legal: 18265-2024
SafeCreative: 2407188714961

Número de registro (certificado obtenido en el Registro Público
del Derecho de Autor en México): 03-2024-062013371700-01

Editado por Bubok Publishing S.L.
equipo@bubok.com
Tel: 912904490
Paseo de las Delicias, 23
28045 Madrid

Índice

Capítulo I
El ánfora

—¿Qué es eso?

—Es una ánfora antigua, viene de Mesopotamia, su antigüedad es de alrededor de dos mil seiscientos años, según me dijeron.

—¿Y qué haces con ella?

—Me la dejó en su testamento un lord inglés.

—¿Un lord inglés? ¿Y tú que tienes que ver con un lord inglés? ¡No me vayas a decir que desciendes de ingleses!

—¡Bertha, no te burles!

—Es que no entiendo, no me puedo explicar por qué un desconocido te iba a legar algo.

—Yo tampoco me lo he podido explicar, pero acudí a una cita a un bufete de abogados. Me hicieron saber que un excéntrico millonario distribuyó sus bienes entre diversas personas, museos e instituciones y destinó esto para mí.

Al principio me negué a aceptarlo, pero —arqueólogo al fin— cedí, acepté y además del ánfora me dieron un bastón de mando que por cierto dejé en el coche, ahora mismo lo bajo.

—¡Pero qué horror! ¿Qué cosa es eso?

Volvió a la casa con un madero que terminaba en una cabeza de bronce. Mira, es un bastón de mando, tómalo.

Al ponerlo en manos de su esposa casi se le cae por su peso.

—*¡Oye Berto! Esto no es un bastón ¡Es un arma! La cara de bronce es la de un horrible oso. Un sólo golpe dado con esta maza mataría a cualquiera.*

No lo dejes al alcance de tu hijo porque se lastimará o destruirá la casa.

Pareciera que lo hubieran invocado. Se plantó entre sus papás, arrebató el bastón a su madre, no pudo controlarlo por el peso de la cabeza de bronce y se estrelló en el ánfora que el padre había colocado sobre una mesita auxiliar en la sala.

La vasija de barro se hizo pedazos.

Aunque aparentemente estaba vacía, dejó caer una grava negra mezclada con polvo del mismo color que como humo invadió todos los espacios de la casa.

El padre lo reprendió: —*¡Marius, mira lo que has hecho!*

—*¡No me llames Marius!*— Respondió el muchacho de unos doce años. —*Ya te dije que me llamo Evilmerodac.*

—*No hijo, tu nombre es Marius.*

—*¡No soy tu hijo ni me llamo Marius!*

He nacido muchas veces, en muchos lugares, he tenido varios nombres y hace doce años nací como tu hijo, pero mi nombre es Evilmerodac.

Don Humberto respiró hondo para calmarse, vio a su esposa a la cara y con toda la calma que pudo reunir le dijo al niño: —*Mira chamaco, ve por una escoba y un recogedor y ayúdame a recoger estos pedazos.*

Los pedazos del cántaro y la grava negra fueron colocados en una caja, y Bertha se dedicó a limpiar el polvo que había cubierto todo. Abrió puertas y ventanas, barrió lo que pudo sacándolo de la casa hacia el jardín, entre los tres desempolvaron los muebles y dos horas después se sentaron a cenar sandwiches.

La casa de los Malick era una residencia normal, construida en una superficie de nueve hectáreas de terreno a las afueras de la ciudad. Estaba rodeada de una sencilla cerca de madera en toda su extensión. Se accedía a la propiedad por un amplio portón, también de madera. El entorno inmediato de la casa era jardín con bien cuidadas macetas de flores, después del cual el resto del terreno estaba sembrado con diversos árboles.

Desayunaron temprano, notando los tres cuando salieron que detrás de la cerca había pequeños arbustos que ellos no habían sembrado. Ese día almorzaron en casa de los abuelos maternos e hicieron diversas diligencias.

Cuando regresaron en la noche a su casa no reconocieron el terreno. Detrás de toda la cerca había enormes palmeras, muchas de ellas datileras. La sorpresa de los esposos fue grande, pero el niño no le dio importancia al hecho.

Llegando se metió a su habitación y se durmió. Bertha y Humberto caminaron hasta la entrada de la propiedad y recorrieron el perímetro asustados del cerco de palmeras que creció en un día.

Sin una explicación posible y deseando que fuera una pesadilla, tardaron en conciliar el sueño. Al despertar se dirigieron a la recámara de Marius. Ya se había levantado, salieron de la casa, pero su casa entera estaba dentro de los jardines de un gran palacio, a un lado del jardín.

Capítulo II
Babilonia

Entraron por la construcción, la atravesaron, pasaron por dos enormes salones, tomaron guiados por su hijo un pasillo lateral, llegaron a una gran puerta, salieron a un patio y desde ahí pudieron ver una muralla ¡Una muralla! De diez metros de alto con otros diez metros de espesor, con una enorme puerta al centro que daba a la carretera por la que llegaban a su casa.

Regresando de la puerta de la muralla, se dieron cuenta de que habían salido del palacio en que se encontraba su hogar por la puerta de un muro forrado de ladrillos esmaltados en los que a cada lado de la entrada estaba la figura de un león con cabeza de águila.

Las paredes eran de losetas azules con decorados en dorado y blanco con pequeños detalles en rojo. El capitel, después de un tramo azul y un listón dorado, tenía como una serie de troneras.

El arco de la puerta estaba exquisitamente decorado y flanqueado por figuras de leones y una de cabra al centro.

La puerta era monumental, pero un poco más pequeña que la de la muralla.

Entraron al palacio y los papás se dieron cuenta de la majestuosidad del lugar, del rico mobiliario, extraordinarios adornos, de las bellas y olorosas flores colocadas en enormes jarrones, de que Marius parecía conocer a la perfección el sitio, le preguntaron por qué, respondió que no era Marius, sino Evilmerodac, hijo de Nabucodonosor II y que estaban en la casa de su padre.

Jardines Colgantes de Babilonia

—*¡Tu padre soy yo!*— Le gritó Humberto.

El niño volteó a ver al hombre advirtiéndole que no colmara su paciencia, que le había explicado que antes de nacer como hijo de ellos lo había hecho muchas veces y le habían puesto diversos nombres, pero su padre, Nabucodonosor II lo había llamado Evilmerodac y en consecuencia así debía ser llamado. Que, a ellos, por la situación especial en que se encontraban, no les exigiría que le llamaran príncipe ni que le rindieran honores como correspondía a su posición, pero que guardaran su distancia porque el personal de palacio no permitía faltas al protocolo.

Bertha y Humberto se miraron incrédulos y horrorizados cuando aparecieron dos mujeres y un hombre llevando ropa con la que vistieron al chamaco, lo despojaron de su pijama, le colocaron una especie de bata con la orilla ricamente decorada y encima una túnica, poniéndole un gorro decorado, sandalias y en las manos una especie de bastón o de cetro pequeño.

Hecho esto, con su comitiva se dirigió seguido por sus padres a un gran salón donde estaba un hombre barbado en su trono y alrededor de él numerosas personas que abrieron paso para que condujeran al joven al lado del rey, al que saludó con toda ceremonia, tomando asiento en un escalón a su lado. El séquito volvió por los forasteros que no opusieron resistencia, hasta que trataron de quitarles sus ropas para vestirlos con las túnicas que llevaban para ellos, como no se las quisieron poner, los condujeron por el gran salón hasta el jardín por donde habían entrado, ahí seguía su casa.

Entraron y se sintieron a salvo. Tenían mucha hambre, fueron a la cocina y el refrigerador tenía todo lo que habían comprado el día anterior, se prepararon unos sandwiches, Humberto destapó una cerveza, vio su reloj, marcaba las catorce horas del día, escucharon gritos a la distancia y el ulular de sirenas, no se atrevieron ni a mirar por las ventanas ni a salir de la casa para saber qué acontecía, tiempo después decidiendo acostarse y se durmieron abrazados.

Capítulo III
Los Felinos

Todos los vecinos de los Malick vivían en casas con grandes terrenos y ninguno estaba pendiente de lo que ocurría a su alrededor, pero habían notado, sin darle importancia, las grandes palmeras que de pronto rodeaban Villa Baalbek, así como la muralla que de un día para otro sustituyó a las palmeras, fuera de comentarlo entre las familias no hubo nada más.

Los Andrews, dueños de la propiedad que colindaba al oriente, que también tenía su entrada por el norte, contaban con tres hijos, dos varones de doce y once años, así como una niña de nueve. A las once de la mañana se metieron en la alberca, poco después una ayudante doméstica les llevó bocadillos y refrescos que colocó bajo una de las sombrillas.

Cuando la mamá salió a verlos, estaban jugando con una gran pelota. Señalando una palmera, Peter preguntó a su madre qué era eso amarillo y largo que estaba entre las hojas, Mary volteó un minuto y le dijo que parecía una palma seca, que haría que la bajara el jardinero antes de que cayera porque podía asustar a Rusty al caer. El perro de los niños se acercó al cocotero, y comenzó a ladrarle a la hoja seca de la arecaceae. Los niños llamaron a su mascota, tardó en obedecer, pero el beagle al fin corrió hacia la alberca, ejecutó un clavado de campeonato uniéndose al juego de pelota y a la botaneada porque las salchichas le encantaban.

A la una del día llamaron a los niños para que entraran a comer. La mascota quedó afuera hasta que la comida terminó; entonces le sirvieron sus croquetas y lo llamaron, pero no acudió. Lo buscaron en todo el terreno, y al no aparecer, supusieron que se había salido de la propiedad. Mandaron a algunos empleados a recorrer los alrededores, dando aviso a la policía por si era capturado.

Al poniente de Villa Baalbek tenía su propiedad la familia Alanís. Don Alberto y doña Mercedes eran padres de Ezequiel, Manuel y Daniel, de diez, nueve y ocho años de edad, a los que gustaba tener amigos en su casa y no tenían perro desde que Goliat, su rottweiler, mordió a un compañerito de Manuel.

La diversión favorita de los niños eran las competencias de natación. Su alberca se prestaba para el deporte al ser una piscina semiolímpica de diez metros de ancho y veinticinco metros de largo, rodeada de palmeras muy altas, de las llamadas palmas reales y de muchos árboles.

Ese día los amiguitos comenzaron a llegar temprano. Conforme entraban se metían al agua. Notaron que sobresalía del techo de los baños de la alberca una especie de panal de color negro, no dándole mayor importancia porque no vieron abejas.

Entre los niños de la casa y sus amigos eran doce que al principio jugaban juntos, pero cansados de competir unos se tiraron en los camastros, otros platicaban dentro del agua, cuatro se sentaron alrededor de una mesa para botanear y tomar refrescos, Ángel, uno de los más chicos, se levantó de la mesa, entró al baño, tardó mucho, al darse cuenta de que no salía fueron a ver si le había pasado algo, no estaba en el baño, pero había sangre en el piso y en las losetas de la pared.

Parecía como si alguien jugando con una pistola de agua hubiera chisgueteado sangre.

Los gritos de los niños hicieron que llegaran corriendo doña Mercedes, todos los sirvientes, los niños Ezequiel, Daniel,

Manuel y sus amigos. No había cuerpo, sólo sangre. Arreciaron los gritos y los llantos, llamaron a la policía y a los papás de los niños, se acordonó el área de la alberca, más de cincuenta patrullas comenzaron a peinar las calles aledañas, invadieron la casa de los Alanís no encontrando el cuerpo del niño.

Durante la investigación, los agentes fueron a la casa de los Andrews enterándose de la desaparición de la mascota de los niños, y estando ahí, el jardinero llegó corriendo a decirles que de una palmera cercana a la alberca cayó el cuerpo destrozado de Rusty.

El equipo forense de investigación de la Fiscalía mandó técnicos, acordonaron el área, tomaron fotografías, huellas, hallaron sangre y parte de las vísceras entre las hojas de la palmera, pequeños pedazos del cuerpo alrededor del tronco de la palma. Antes de retirarse del lugar, declararon que en principio parecía que un gran felino hubiera atacado al perro y lo devoró dentro del penacho de la mata.

De inmediato se dio aviso a la casa de los Alanís, confirmaron que cerca de la alberca había huellas que parecían de un gran felino, revisaron las palmeras y entre las hojas de una hallaron el cuerpo de Angelito. Al parecer el felino lo atacó mordiéndolo en el cuello, lo arrastró, subió el tronco y lo devoró dentro del penacho.

Por más que revisaron la zona, no hallaron al depredador ni huellas de él.

Se emitió una alerta no sólo para la zona de las casas, sino para toda la ciudad, que entró en pánico. No hubo necesidad de toque de queda. La gente se encerró en sus casas, los centros nocturnos quedaron vacíos, se intensificó el patrullaje evitando que los agentes lo llevaran a cabo a pie, los dueños de negocios exigieron respuestas a las autoridades, las policías al no encontrar nada empezaron a desesperarse y comenzaron a violar derechos humanos deteniendo gente por su aspecto, a algunos salvándolos sin querer porque los indigentes estaban siendo víctimas de fieras desconocidas.

Todos los que tuvieron que ver con las averiguaciones, tenían algo que opinar, detectives, médicos, zoólogos y hasta conservacionistas. Los zoólogos y veterinarios afirmaban que no podían ser leones los atacantes, ya que los leones no trepan árboles, mientras los forenses y los detectives aseguraban que sí eran leones, no uno, sino varios y los conservacionistas exigían que una vez localizados los animales se les capturara, no se les matara, logrando con ello la unanimidad en su contra.

Capítulo IV
Nabucodonosor II

Los Malick despertaron. Estaban en su cama. Todo había sido un sueño, pero Marius no estaba en su habitación. Alguien colocó en la mesa de la cocina frutas, panes y un líquido turbio que olía a algo fermentado. A pesar de su hambre, no se atrevieron a probar nada, pero Humberto se sirvió una cerveza en un tarro frío.

Cuando se disponían a salir de la cocina entró Marius con el rey.

—*Mi padre, el rey Nabucodonosor II, desea conocerlos y saber cómo vivo con ustedes en un tiempo y lugar que no logra comprender. Dadas las circunstancias no tienen que preocuparse porque no habla nuestro idioma ni él, el de ustedes. La comunicación es telepática, inmediata.* Los Malik no pronunciaban palabra. Estaban petrificados y mudos.

—*¿De dónde eres rey?*— Preguntó Nabucodonosor.

—*No soy rey.*— Respondió con miedo Humberto.

—*Evilmerodac, mi hijo dice que eres Malick y Malick es rey.*

—*Mi nombre es Humberto, Malick es mi apellido, porque mi padre llevaba el apellido de su padre, que era el mismo, recibido de su padre y de su abuelo, que entiendo que provenía de algún lugar de Turquía, de la antigua Babilonia.*

—*Pues ahora comprendo que en su viaje por el tiempo Evilmerodac haya nacido de ti. Tú, sin saberlo, llevas nuestra sangre.*— Dirigiéndose a la mujer, le preguntó —*¿Tú eres Bertha?*— Aquella asintió. —*Mi hijo me dice que eres una buena madre, tiene la suerte de tener una madre buena y bonita.*

Bertha, incómoda, le respondió: —*¡Gracias!*— y se refugió en los brazos de su esposo, que la apretó sobre su cuerpo.

Nabucodonosor notó que se sentían amenazados, sonrió al verlo, se sentó en una de las seis sillas de la mesa de la cocina, la probó, la sintió cómoda, tomó una manzana, la mordió, bebió el líquido obscuro de la jarra, se limpió la boca, el rizado bigote y las barbas con la manga de la túnica, comentó que el vino de dátiles con sésamo estaba bueno, vio el tarro de Humberto y le preguntó: —*¿Y tú que tomas?*— El interpelado respondió muy orgulloso —*¡Cerveza!*

Sin pedir permiso, el rey tomó el tarro, bebió un largo trago, lo sorprendió el gas del líquido y que estuviera frío y declaró: —*Esto no es cerveza.*

Le ofreció su bebida a Humberto, que la rechazó de inmediato, comentando: —*Está turbia.*

El poderoso hombre exclamó que el agua que Humberto toma no tiene sabor, no le pusieron azafrán, comino, jengibre ni miel, y carece de cuerpo. Es agua, pero la sensación de las burbujas en el paladar es agradable, lo mismo que la espuma.

—*¿Puedes darme más?*

—*¡Claro!*— Humberto abrió el refrigerador, sacó dos cervezas, las destapó, una se la sirvió al rey y otra la vertió en su propio tarro. El trenzado bigote de Nabucodonosor II quedó lleno de espuma, de dos tragos apuró el líquido, mientras lo hacía se dirigió a la nevera, la abrió, vio varias botellas de cerveza, las sacó él mismo, las destapó en la forma en que vio que lo hizo su nuevo amigo, se sirvió una, la espuma cayó a la mesa, Bertha y su marido rieron, Humberto esperó a que la espuma bajara y con lentitud fue virtiendo el resto del líquido al tarro.

Cuando estuvo lleno se lo dio al rey babilonio, lo volvió a beber de dos tragos, entregó el recipiente al dueño de la nevera, este destapó una tercera cerveza, inclinó el tarro vertiendo el líquido poco a poco, formándose poca espuma, se la dio al rey que protestó por la falta de espuma, la bebió y pidió más.

Ya sólo quedaban cervezas obscuras, de lata, así es que el arqueólogo tomó de la alacena una jarra, vació en ella seis cervezas, se la ofreció a Nabucodonosor que puso las manos alrededor del recipiente, disfrutó el frío y se tomó todo el líquido, su cara de satisfacción cambió por un momento cuando salió de él un gran eructo que no sólo a él asustó.

Todos rieron, pero más los Malick, incluyendo a Marius, porque vieron que su antiguo padre se había embriagado.

Evilmerodac tomó la mano de su antiguo padre y lo llevó a su cuarto, lo acostó en su cama, que le gustó mucho lo mismo que las almohadas, cubriéndolo con una manta al quedarse profundamente dormido.

Capítulo V
Salida a la Ciudad

—*No sé qué le voy a dar cuando despierte, ya no quedan cervezas en el refri.*—Dijo Humberto.

Marius, sonriendo, le contestó que podían ir por más.

—*¿Cómo, si no sé ni siquiera dónde estamos?*

—*Pues estamos en nuestra casa, que está dentro del palacio de mi padre y en consecuencia los automóviles están en la cochera.*

—*¿Pero cómo saldremos de aquí?*

—*De la misma forma en que salimos a la carretera.*

Se subieron los tres a uno de los autos, rodearon por el jardín lateral el palacio, unos hombres vestidos con uniformes babilónicos les abrieron las enormes puertas, advirtiéndoles Evilmerodac que no dijeran a extraños ni una palabra de lo que estaba ocurriendo, porque los llevarían a todos al hospital psiquiátrico.

Llegaron al supermercado más cercano, compraron además de diez cajas de cerveza, salami, quesos y otras cosas que el muchacho pensó que le podrían interesar a su padre. Al llegar a la caja, la amable empleada festejó a Marius diciéndole que lo felicitaba por su disfraz —*¡Está precioso!*— le dijo, —*parece auténtico.*— Los Malick intercambiaron miradas y al unísono dijeron gracias.

Al regresar a su casa se encontraron con una patrulla estacionada frente a la enorme puerta. Como no se movía, Humberto bajó el cristal del coche y preguntó a los patrulleros si le permitían entrar. Uno le preguntó si trabajaba ahí, respondiéndole que no, que ahí vivían.

—¿*No son oficinas?*

—*No, es nuestra casa, le agradeceríamos nos franqueara el paso.*

El agente al volante lo hizo por instrucciones de su superior, las puertas se abrieron, el jefe se aproximó, le echó un vistazo al interior y preguntó al papá si no habían tenido problemas con animales depredadores.

—*No, ninguno ¿Verdad amor?*

—*No, aquí no tenemos animales y difícilmente alguno pueda entrar.*

Entonces notó a Marius en el asiento trasero, preguntándole si iba a una fiesta de disfraces. El niño rio y dijo: —sí.

—*Pues si vieran algo raro, llamen de inmediato al número de emergencia. Estamos en una situación peligrosa, sobre todo en esta zona. Un animal como un tigre o un leopardo mató a un niño y a un perro.*

Realmente se asustaron aduciendo Bertha que eso era imposible porque no había grandes felinos en toda la región.

—*No, no había señores, pero tengan cuidado, cierren bien sus puertas, no permanezcan al aire libre y menos aún en la noche.*

Que tengan una buena tarde y aquí permanecerán varias patrullas para lo que se ofrezca.

—*Gracias oficial.*

Introdujeron el automóvil por el jardín hasta la cochera, asustados entraron a la casa, viendo para todos lados por si alguien o algo los acechaba, metieron los cartones de cerveza a la bodega de la cocina, pusieron a enfriar unas veinte, sin que durante ese tiempo Marius hubiese dicho una sola palabra.

—*Hijo ¿Qué pasa?*— Le preguntaron.

—*Nada, pero en el país de mi padre sí hay leopardos, tigres, leones, osos, lobos, algunos de ellos animales de la región y otros que los diversos reyes han hecho traer de lejanas tierras para practicar la cacería de ellos. Seguramente vieron en los salones del palacio, en los corredores, que en muchos muros hay grandes relieves de escenas de cacería de esos animales. Así como llegaron aquí el rey, sus sirvientes, el palacio completo... las murallas, pienso que es posible que, a sabiendas de mi padre o sin su conocimiento, hubieran venido algunos animales.*

Se asomaron a la recámara del muchacho, vieron que el rey seguía durmiendo en la misma posición en que estaba cuando se fueron, con el cuerpo cubierto por la cobija colocada sobre él por su hijo, que preocupado se acercó a ver si respiraba, lo revisó y el rey estaba bien.

Los comentarios en voz baja no impidieron que Nabucodonosor despertara exclamando: —*¡Tengo sed y hambre!*— Caminó a la cocina, abrió la nevera sacó cuatro cervezas, el mismo las destapó, las vertió en la jarra de cristal, gozó viendo subir la espuma, apuró el líquido ambarino, tomó el salami que le ofreció Evilmerodac, le dio un mordisco, lanzó una expresión aprobatoria, Humberto le llenó de nuevo la jarra que vació mientras daba cuenta de la otra mitad del embutido, y nuevamente declaró que tenía hambre, mientras salía a los jardines y entraba a su palacio, a un hermoso salón de banquetes que olía a carnes asadas, fritangas y especias.

Había en las mesas mucha fruta, higos al natural, higos secos, higos comprimidos, higos y más higos. El rey cortó un pedazo de carne, la tomó con la mano, la mordió, su personal le llenó la jarra de cristal de la cocina de los Malik con cerveza babilónica (vino de dátil), tranquilizándose una vez satisfecha su hambre y su sed.

Evilmerodac comió diferentes guisos, frutas y luego se dedicó a disfrutar de los higos secos.

Bertha y Humberto vieron que había unos panes grandes, los usaron como tortillas en las que pusieron pedazos de la misma carne que comió el rey, les gustó, no se atrevieron a comer otros guisos, pero sí probaron y les gustaron los dulcísimos higos secos que tanto disfrutaba Marius.

Le comentaron que tenían sed, pero no se atrevían a tomar ningún líquido de esa mesa. Evilmerodac ordenó a uno de los guardias de su padre que lo acompañara, no lo dijo, pero no deseaba encontrarse con alguna fiera. Entró a su casa, sacó dos botellas de agua purificada y una de una bebida gaseosa, desde luego para él y regresó con sus padres, que apuraron el agua con deleite.

Se sentaron los cuatro sobre una alfombra con almohadones debajo de un toldo colocado en el jardín, comenzando la conversación Nabucodonosor con la pregunta: —¿Cómo llegaron a mi palacio?

Perplejos le respondieron: —Señor, más bien deberíamos preguntarnos cómo llegó su palacio a los terrenos de nuestra propiedad.

—¿Su propiedad? ¡Todo lo que está en estas tierras en mío!

Intervino Evilmerodac. —Padre, realmente no estamos en tu reino, tu palacio llegó a los terrenos de la familia Malick que va a vivir dentro de dos mil seiscientos años. No sé cómo, pero de alguna manera tú y tu palacio se trasladaron en el tiempo y llegaron aquí.

—Hijo, si no te conociera tan bien como te conozco, diría que estás loco.

—Pues antes de que lo digas, hazme un favor, ven, acompáñanos. Atravesaron salón tras salón hasta llegar a la puerta del palacio, asomaron a un patio o jardín delante del cual estaba la gran muralla, los guardias la abrieron y los ojos del rey se abrieron casi del tamaño de la puerta mientras su quijada caía a punto de desprenderse.

—¿Qué es esto? Alcanzó a decir.

—Padre, esta es una avenida, es como un camino muy ancho para que transiten los vehículos.

—¿Qué es eso?

—Son como tus carros de guerra, pero más grandes, más cómodos y no son tirados por caballos, sino por una fuerza interior que transmite el movimiento a las ruedas.

—¡Hijo, eso es brujería!

—No, papá, son avances del desarrollo humano. Mira, nuestro pueblo hace miles de años era nómada, viajaba de un lado a otro buscando buenos pastos para el ganado, buenas tierras para sembrar, lugares donde la naturaleza fuera bondadosa en cuanto a clima, agua, ausencia de peligros, vecinos amistosos, y con las buenas condiciones se fueron construyendo casas endebles, hasta llegar a conocer la forma de construir edificios grandes, seguros, bellos, con enormes jardines, como tus jardines papá.

Hace mucho tiempo andábamos a pie, domesticaron los caballos, se inventó la rueda, se le puso a plataformas tiradas por los caballos, asnos o bueyes y así surgieron los carros de transporte y de guerra, mismos que usas para tus cacerías con arcos y flechas, armas que sucedieron a las piedras amarradas a palos y a las lanzas.— Marius se sorprendió al ver a sus tres papás absortos, escuchando sus explicaciones, por lo que dejó de hablar.

Ellos le dijeron —¡Por favor, continúa!

Y entonces resumió (tal vez demasiado). —Bien, pues el carro de guerra se perfeccionó, se le pusieron asientos, toldo, se sustituyó al caballo por la fuerza que sale de un aparato conectado a una barra que mueve las ruedas y así surgió el automóvil.

—Hijo, no entiendo.

Entonces se le ocurrió a Bertha que podían subirlo a un coche y llevarlo a dar una vuelta.

A Humberto le pareció bien. Estaban saliendo cuando los paró la misma patrulla de la mañana.

—¿Siguen llegando los invitados a la fiesta de disfraces?— Preguntó el oficial, el niño riendo dijo que sí y los policías también riendo se marcharon, no sin notar el curioso rizado de la barba y de la cabellera del señor disfrazado.

La peluca y la barba deben costar un dineral, se dijeron, —*parecen hechos con cabello auténtico.*

No llevaban el automóvil de Humberto, sino la camioneta de Bertha. Acomodaron a Nabucodonosor al lado de la conductora y los dos varones Malick se instalaron en el asiento trasero.

—*Tenemos que hacer algo con el aspecto de Nabu, dijo la mujer.*

—*¡Imposible! Dijo Evilverodac: no pueden tocar su barba ni su cabello ¡Les costaría la vida!*

—*Pero no podemos andar con él así, concedió Humberto, tiene que cambiarse de ropa. Entonces recordó. Amor, tu papá antes de ponerse a dieta era tan corpulento como Nabu. ¿Podemos pedirle que nos regale alguna ropa que ya no use?*

De inmediato se comunicaron con el suegro, que aceptó diciéndoles que casualmente tenía preparada una caja con ropa en desuso, incluyendo zapatos. Se dirigieron a la casa de los papás de Berta, que no estaban, pero habían dado orden a Eufe, la ayudante doméstica, de que subiera a la camioneta de "la nena" (que así le decían a su hija), la cajota que llevaba días en la cochera. Sorprendida, accedió a la petición de la hija de sus empleadores para que el señor que iba con ellos se cambiara de ropa en la bodega de la cochera. Entró a ella como un personaje de la ópera y salió casi normal, porque la cabeza quedó igual. El cabello y la barba ensortijados o trenzados hacían muy llamativa su figura.

Con la barba no pudieron hacer nada más que ocultarla parcialmente con una bufanda, el cabello lo cubrieron con un sombrero de tela del chamaco, ocultando parte del rostro con unos grandes lentes de sol que hicieron reír al rey cuando se vio con ellos en un espejo y supo que lo que veía era su imagen. Le gustaron los zapatos tenis, porque le quedaron cómodos y ya vestido a la época, tomando prestado el automóvil convertible del suegro, procediendo a pasearlo por la ciudad.

Capítulo VI
El tenor italiano

El rey revisó varias veces el carro porque no entendía ni qué era ni como se movía ni como podía manejarse sin riendas o timón, ni como subía y bajaba el techo que prefería permaneciera abajo porque le gustaba ver completos los lugares por los que lo llevaban, contemplar el cielo, sentir el aire en su rostro, sonreírle a los que se le quedaban viendo, permitir que lo tocaran a pesar de que en su reino moría el que lo hacía.

Cuando preguntó a los Malick por qué lo tocaban, ella repitió lo que oía que la gente decía: que era un famoso tenor italiano que pretendía pasar de incógnito.

Las preguntas fueron lógicas. —*¿Qué es un tenor y qué es italiano?*

Evilmerodac, muerto de risa, bajó su laptop, localizó el último concierto del tenor y reprodujo el contenido. Tuvo que repetirlo varias veces a solicitud del rey, su padre, que no entendía cómo habían metido a ese hombre ahí. Los tres Malick le explicaron, cada uno a su modo, cómo se transmiten imágenes y sonidos por medio de servidores conectados a antenas y cómo se graban imágenes con una cámara.

No entendió nada.

Evil lo grabó con su teléfono pidiéndole que hiciera algunos movimientos para que no dudara de que era él. Le pidió que se levantara de su asiento, que se parara entre Bertha y Humberto,

31

que levantara los brazos, que se volviera a sentar y envió las imágenes a su lap para que las viera su padre. —*¿Ese soy yo?*— Los tres Malick le dijeron que sí.

Se retiró de ellos asustado, gritando que eran brujos y le habían robado su alma —*¡Aléjense, aléjense!*— Gritaba, alarmando a las personas que estaban alrededor de su mesa, que comenzaron a huir, hasta que Evilmerodac logró aproximarse a él, tomarlo de la mano y hacer que comprendiera que no estaba en Babilonia, que aquí, fuera de ellos tres, nadie lo conocía, que iban a pensar que estaba loco y lo harían prisionero, que sí era magia la que hacía, pero magia blanca, buena, y que él mismo, si quería, podía hacer esa magia.

Desconfiado, con el terror exhibiéndose en su rostro se sentó, dejó que su hijo le diera su celular, con miedo miró por el visor, dejó que Evilmerodac guiara sus manos, que enfocara el objeto hacia los Malick, luego hacia los alrededores, vio como su hijo manipulaba el celular y su laptop ¡Y vio a los esposos y el lugar en que estaban!

Abobado se le quedó viendo a su hijo, que repitió la grabación, sus ojos iban de la pantalla a la cara del muchacho. Vio las mismas escenas, igualitas, varias veces, agarró con brusquedad la computadora —*¡Cuidado!*— gritó Evil, es muy frágil, puedes romperla, hay que tratarla con cuidado.

—*Por favor padre, ponla en la mesa.*— Lo hizo totalmente alelado y, dirigiéndose a Humberto y a Bertha, lespidió que lo llevaran de nuevo a su palacio.

Nadie habló durante el camino. Al llegar dejaron el auto en la cochera y el rey sin despedirse entró al palacio seguido de un ejército de servidores que alarmados por su desaparición estaban listos para salir a buscarlo.

—*Aquí estoy, estoy bien.*

—*¿Y su ropa, señor?*

Cayó en cuenta de que la ropa estaba en el coche de sus amigos, momento en que el príncipe entraba con los regios ropajes que se cambió ahí mismo. Tenía hambre, lo dijo, se dirigió al salón en que había mesas llenas de diversas frutas, higos, comida variada, cerveza, vinos y manjares de todo tipo.

—*Trae a los Malick,*— ordenó a su hijo. Cuando llegaron, el soberano los sentó a su lado. Humberto, previendo lo que iba a pasar, había llevado en una bolsa un six de cerveza, agua y sandwiches.

Nabucodonosor rio a carcajadas —*¿No te gusta mi vino de dátiles?*— Preguntó levantando la jarra de su cerveza. A mí sí me gustó tu agua, pero embriaga sin que te des cuenta. Coman y beban lo que quieran, y después de la comida yo los llevaré a conocer mi reino por tierra y por agua.

Lo hizo. Saliendo del palacio por la puerta trasera los esperaba una carreta amplia, con bancos de madera cubiertos por alfombras, con un toldo sostenido por cuatro columnas, y una yunta de ocho bueyes tirando del pesado carro cuyas sólidas ruedas transmitían los golpes del terreno a las columnas vertebrales de los ocupantes que, excepto el rey, dejaban ver en sus rostros los dolores que sentían a cada golpe de rueda.

Se alejaron un poco, pudieron ver a la distancia el palacio de Nabucodonosor II y la impresionante vegetación que había en cada piso del edificio en el que se formaban una montaña de árboles, palmeras y plantas con flores.

—*Es algo increíble,*— Exclamó Humberto.

—*Son los Jardines Colgantes de Babilonia,*— respondió Bertha; adoptando el soberano una actitud de orgullo, que duró hasta que la mujer gimió: —*¡No puedo más, mis riñones están hechos papilla!*

Evilmerodac puso todas las alfombras en el piso, acostó ahí a su madre, su papá se acostó a su lado y el rey, conduciendo el carro ayudado por el cochero, retornó al palacio. Bertha se fue directamente a su cama.

Nabucodonosor estaba entre apenado e incómodo porque no habían querido sus huéspedes conocer su reino.

El joven príncipe justificó a su madre ante el soberano, que entendió que la señora no estaba acostumbrada a un transporte tan incómodo —¡*Pero qué puedo hacer!*— Se quejó, si la llevamos en litera tampoco estará cómoda y el camino es lago.

Capítulo VII
Vehículos cómodos

A Marius se le ocurrió que podían ir por el jeep que estaba a disposición de su padre en sus oficinas y aceptando este, poniendo manos a la obra salieron por el frente del edificio, tomaron la carretera, saludaron a los policías, recogieron el vehículo que tenía atrás una lancha con su cubierta de lona, fueron a la gasolinera, llenaron los tanques del vehículo y del motor de la lancha y dos bidones.

Al chavo se le antojó una hamburguesa, compraron diez, regresaron, en eso el rey entró a la casa a verlos, mientras platicaba con los Malick se comió siete hamburguesas, una Humberto, otra Marius, separaron la última para Bertha, pero en un descuido la devoró el soberano.

Todos se fueron a dormir. La madre, adolorida, pero descansada, fue la primera en despertar, preparó el café y unos wafles para desayunar, frio tocino, despertó a esposo e hijo y cuando llegaron ya no había nada sobre la mesa.

Nabucodonosor II y la mujer que lo acompañaba se habían comido lo que preparó.

Él presentó a su acompañante: —*Esta bella mujer a mi lado es Amitis de Media, mi esposa.*

Luego, dirigiéndose a ella, le explicó: —*Ellos son mi hijo Evilmerodac, nacido en el futuro como Marius Malick y sus padres Humberto y Bertha.*

Desconcertados por la situación y viendo su cocina asaltada, alcanzaron a decir: —*Mucho gusto.*

Ella no dijo nada, se le veía asustada, confundida, pero con la mirada retó a la señora Malick que lo percibió y decidió enseñarla a ser odiosa.

Amitis preguntó dónde estaba el carro en que subirían. Saliendo a su cochera, Humberto dijo, dirigiéndose al rey, —*es este,*— señalando el jeep. Movió el respaldo del asiento junto al conductor, lo abatió, el asiento se corrió para dar acceso a la parte trasera y dijo a la real pareja: —*Suban.*

Nabucodonosor lo hizo, Amitis se quedó abajo pensando qué hacer para treparse, ordenó a Bertha: —*Híncate para que seas mi escabel.*

La aludida, irguiéndose, riendo le respondió que llamara a sus sirvientes, porque ella no lo era.

Humberto se le quedó viendo al rey, el soberano con los ojos muy abiertos sonreía ocultando su sonrisa con una mano.

Ami furiosa, intentó golpear a Bertha no lográndolo porque la esquivó, lanzó otro golpe con el bastón que llevaba, nuevamente fue esquivado, pero esta vez se lo quitó la señora Malick, lo rompió en dos pedazos con la pierna, conservando un pedazo en cada mano como si estuviera dispuesta a golpear a la agresora que gritó: —*¡Nabu!*— Este no bajó del jeep, pero le tomó la mano, la jaló hacia él y de algún modo la noble mujer brincó y como por arte de magia subió al vehículo.

El señor Malik se puso al volante, Bertha ocupó el asiento del acompañante y Evil demostrando su agilidad pisando la bola del tráiler asegurado al jeep trepó por la parte trasera informando —*¡Todos a bordo!*

Comenzó a moverse el vehículo con el consiguiente susto de la real pareja que se abrazó durante un tiempo, hasta que la dama se atrevió a ver hacia adelante sorprendida de la velocidad de la caja con asientos que volaban a unos treinta kilómetros por hora haciendo que la gente que estaba en la calle con horror se hiciera a un lado.

La acompañante del rey estaba fascinada con la ciudad, sus casas, jardines, palacios y aun con las bellas y rústicas casitas de las afueras del poblado y los bien plantados campos.

Ya afuera del área urbana y conforme el camino lo permitía, aceleraban dejando atrás sin proponérselo a la guardia real que a caballo los acompañaba. El rey pidió que se detuvieran para que los caballos descansaran, lo hicieron en un bonito y ordenado caserío formado alrededor de un palacio en el que fueron recibidos con todos los honores que los visitantes reales merecían.

Los Malick tomaron únicamente agua de las botellas que llevaban, pero comieron frutas y descansaron, sin dormir, en las alfombras y almohadones que les dieron. En la madrugada tuvieron frío. Al amanecer tenían hambre.

Desayunaron fruta, continuando el viaje muy temprano sin parar hasta que llegaron al puerto. Ya los esperaba un curioso bote de vela listo para zarpar. Humberto pidió al rey que mejor usaran su lancha —¿Lancha?— Indagó el soberano.

Marius la libró de la lona que la cubría. —*Es un bote cómodo y moderno que es muy rápido porque no depende del viento ¿La probamos?*

El soberano aceptó no sin indagar —¿*Qué es moderno?*— Su amigo dueño del bote dijo: —*Quiero decir, de mi época.*

Con la ayuda de su hijo bajaron la lancha al agua, invitaron a Ami a subir, como ella dudó lo hizo Bertha, luego Nabucodonosor quien ayudó a su esposa para que lo hiciera.

Evilmerodac instruyó a un guardia para que detuviera la soga y la soltara cuando él lo indicara, además de que estuviera pendiente al regreso para que le tirara el cabo; viendo que no entendió, le mostró la cuerda, asintiendo con la cabeza el soldado.

Humberto oprimió el botón de encendido después de bajar al agua la cola del motor, no arrancó a la primera, el ruido asustó a los babilonios, oprimió de nuevo el botón de arranque, el motor comenzó a funcionar, el joven hizo la seña, el guardia soltó la cuerda, Marius la recogió y el arqueólogo comenzó a navegar alejándose de la orilla y aumentando la velocidad poco a poco. Resultó agradable el viento en el rostro, pasar junto a las barquitas, algunas de ellas redondas, tejidas con juncos, dejarlas atrás, rodearlas más de una vez, ser mojados por el agua que por los lados levantaba la lancha y los salpicaba, pero para los ribereños fue algo diabólico ver un monstruo con personas encima pasar rugiendo junto a ellos.

La reina aterrada abrazaba fuertemente a su esposo, pidiéndole que se detuvieran. Aunque el rey estaba disfrutando la emoción de volar sobre el agua, transmitió el mensaje a Humberto, disminuyó la velocidad de inmediato, limitándose a ir a vuelta de propela, disfrutando el paisaje, la vista de los sembradíos y el punto de retorno.

El guardia babilónico recibió la cuerda, la jaló, la lancha quedó parcialmente sobre tierra y otros de sus compañeros ayudaron a los navegantes a desembarcar.

Capítulo VIII
El viejo león

En lugar de dirigirse al jeep lo hicieron a un palmar que ofrecía sombra y en el que habían preparado para ellos comida y bebidas, alfombras y almohadones.

Queriendo ser siempre la primera, Ami se apresuró a entrar y sobre ella se abalanzó un león que estaba escondido, logrando derribarla, pero no morderla porque Bertha de inmediato golpeó un recipiente que estaba en el fuego, echando el contenido en la cara del felino que huyó derribando todo a su paso, ciego y adolorido. Los guardias del rey lo persiguieron y mataron, entregando el cuerpo a Nabucodonosor, cuya esposa clavó en el animal muerto una lanza que pidió para el efecto a un soldado, a fin de dejar claro que no era una mujer débil.

El soberano culpó a uno de los guardias de no haber vigilado el lugar y sin más lo hizo decapitar ahí.

Ami volteó a ver a la horrorizada señora Malick, pasó junto a ella en su camino hacia el vehículo, con ayuda de su marido subió a él en el momento en que Evilmerodac aseguraba el tráiler al jeep y dándose cuenta de lo que pasó, se trepó de inmediato. Humberto condujo sin parar hasta el palacio de Nabucodonosor, entró por la puerta por la que habían salido, bajaron todos, el rey y su esposa se internaron en el palacio, los huéspedes desconcertados fueron a su casa, aprovecharon ir a los sanitarios, bañarse, cambiarse de ropa, comer algo decente, cepillarse los dientes, acostarse en sus camas y caer en un profundo sueño que nadie interrumpió.

Cuando despertaron nuevamente creyeron que todo había sido un sueño. Los sacó de su error el encontrarse en la cocina con su hijo Marius, el rey y su esposa que los estaban esperando.

Habían llevado panes y frutas de los que comían, y bebían "el agua", la cerveza de Humberto.

Bertha preparó café, no hizo wafles ni hot cakes porque sabía como acabarían.

Ella y su esposo se sirvieron del café, pero no le ofrecieron a la real pareja.

Hablaron del carruaje de ellos y de la canoa que volaba sobre del agua, llegaron al ataque del león, el rey contó que ya había matado a pequeños animales y a niños, que era un felino viejo, cojo al que le faltaba parte de la garra izquierda, ya poco ágil, que escogía presas que suponía indefensas.

—*¡Pero conmigo falló!*— Exclamó Amitis en forma arrogante que hizo que intercambiaran miradas entre sí todos los presentes, notándolo la soberana que salió furiosa de la casa de los Malick.

Tras un hondo suspiro, Nabucodonosor se excusó: —*Así es ella, le enseñaron que la gente de nuestro linaje nunca da las gracias porque merece todo, y todos son inferiores. Ella, además de ser mi reina, es princesa del imperio Medo.*

No te ha perdonado Bertha, que te negaras a arrodillarte para que te usara como escalón para subir al carro y mucho menos que salvaras su vida cuando la atacó la fiera. Quiere ser recordada, que las tablillas de arcilla hablen de Ami como una heroína, no como una persona que necesitó ayuda.

Bertha, con indiferencia, dijo: —*Lo entiendo,*— y eso fue todo.

El señor Malick explicó al soberano que debía volver a su tiempo, atender sus asuntos, devolver el automotor y la lancha, enterarse de como estaban las cosas en su oficina y volver a surtir la despensa.

Evilmerodac pidió quedarse en el palacio, no habiendo oposición, porque si lo objetaban podían disgustar al rey con consecuencias imprevisibles.

Subieron al vehículo juntos y fueron a las oficinas, lo estacionaron, entraron para ponerse al día de lo sucedido en su ausencia, dándose cuenta de que por lo visto únicamente dejó de ir veinticuatro horas. Lo único importante de lo que les informaron era que las fieras asesinas habían causado más muertes.

—*Un león ha matado ya a tres indigentes que borrachos dormían en las calles.*

—*¿Cómo saben que es un león?*

—*Los servicios forenses lo han dicho, también dijeron que por lo visto es un animal viejo al que le falta una parte de la garra izquierda.*

La señora Malick se desmayó, el esposo trastabilló, lo ayudaron a sentarse, levantaron a la dama, preguntaron al arqueólogo qué les pasaba, arguyó que seguramente habían comido algo en mal estado. No los dejaron manejar. Uno de los empleados condujo el convertible y otro los siguió en un sedán en que los llevaron a casa del suegro de su jefe, porque dijo don Humberto, su camioneta la habían dejado ahí.

En efecto, ahí estaba el vehículo. Pero antes de retirarse, los ayudantes les habían recomendado que no usaran ese descapotable porque otros felinos estaban atacando. Les contaron de un niño en casa de uno de sus vecinos y un pequeño perro en casa de otro de ellos.

—*Cuídense, debe estar cerca de su casa. No dejen salir a Marius a jugar al jardín.*

Pero Marius estaba en el lugar más peligroso del palacio de Nabucodonosor: la casa Malick.

Cuando se quedó con su padre Nabucodonosor II, lo estuvo siguiendo por todas partes. Fue al salón del trono donde escuchó las audiencias, lo acompañó al lugar de reunión de los jefes de su ejército, oyó al tesorero real, que leyeran alguna tablilla escrita sobre las actividades comerciales, visitó el zoológico real, se enteró de que además del viejo león que mataron habían escapado las leonas, varios leones jóvenes, los ocho leopardos destinados a la cacería que tendría lugar siete días después, el enorme tigre de bengala y los halcones para la práctica de la cetrería.

León furioso

Una luz de alarma se prendió en su cerebro: ¡El viejo león!

Si el león había viajado al futuro, seguramente de ahí, de Babilonia salieron también las otras fieras que asolaban su ciudad. Le entró miedo, mucho miedo, tanto que le pidió a su padre el rey que le proporcionara un guardia para que lo cuidara en el camino a su casa.

Entró, cuando iba a cerrar la puerta por un fuerte golpe cayó al piso, vio a su acompañante rodar por el suelo luchando con un leopardo al que golpeaba con su espada que perdió en uno de los zarpazos del enorme felino, del que se comenzó a defender con la daga que llevaba al cinto.

Evilmerodac recogió el arma caída, con todo el peso de su cuerpo la clavó en un costado del gran felino, este por un instante dejó al hombre caído y cuando atacó al chamaco el largo cuchillo del militar penetró en el corazón del atacante sin que dejara de lanzar zarpazos ni de pelear hasta que no pudo moverse más.

Con armadura y todo, el guardia estaba muy herido, el príncipe lo ayudó a levantarse, caminaron hacia el palacio, lo vieron otros soldados, cargado por ellos llegó a la presencia de Nabucodonosor, refirió lo ocurrido que confirmó el hijo al que abrazó fuertemente el rey mientras los médicos de la corte atendían a las víctimas.

Rodeados por la guardia real, volvieron a la casa de los Malick, dándose cuenta de que al revisarla, por la puerta que unía la cochera a la casa, que había quedado abierta al salir los habitantes, entró el leopardo.

El rey escuchó de su hijo lo que estaba ocurriendo en el futuro, comprendiendo que los animales que mataron al niño, al perro y a los indigentes habían salido del zoológico del palacio. Fuera de los dueños de la casa, del rey y de su hijo, nadie más sabía que por la puerta de Ishtar se llegaba a la muralla que daba acceso al futuro ¿Cómo entraban y salían los animales?

¿Quién descubrió el acceso al futuro?

Por lo pronto, Evilmerodac no se quedó en su casa sino en el palacio, debidamente protegido.

Ahora los miembros de la guardia que los habían custodiado deberían ser vigilados, como lo ordenó el soberano al jefe de su ejército, encargándole que investigara que miembros de la milicia y quiénes de la corte faltaban.

Frente a la puerta de la gran muralla de Villa Baalbek estaba estacionada la patrulla de siempre. Los ocupantes vieron que la gran puerta estaba entreabierta. Como no había timbre en el muro, se atrevieron a entrar percatándose de que la puerta de la casa estaba cerrada, por lo que entraron por el jardín lateral accediendo por la cochera. —*La vivienda está vacía,*— dijeron.

—Seguramente los dueños no han regresado. Vamos a esperarlos en la puerta de la muralla para evitar que alguien extraño se introduzca.

—¿No sería mejor cerrarla e irnos?

—Quizá tengas razón. Hagámoslo, demos aviso, dejemos la puerta como está, tal vez la dejaron así por algo, pero veamos que se redoble la vigilancia.

Mas la vigilancia no pudo redoblarse porque tuvieron que enviar a muchos policías a lugares en que hubo ataques de fieras salvajes con resultados fatales.

El colegio privado Saint Francis, enclavado en esa exclusiva zona, a la hora del recreo de los niños de preescolar fueron visitados por grandes felinos descritos como jaguares o leopardos, una leona y varios leones jóvenes que agredieron a los pequeños, dejaron malheridos a muchos y se llevaron a seis de los más pequeños.

Las sirenas de las ambulancias se escucharon en toda el área, las salas de emergencia de los hospitales se llenaron, el personal de salud trabajaba tan rápido como podía, solicitaron el auxilio de hospitales cercanos, de la guardia nacional, de los vecinos mayores de edad debidamente armados.

Los periódicos, la radio, televisión, redes sociales, hablaban de lo ocurrido.

Las actividades se paralizaron, las escuelas suspendieron clases, sólo se reunían quienes tenían a su cargo las investigaciones y procuraban no andar solos.

Pero los jóvenes son imprudentes.

Confiados en que los atroces hechos ocurrían en el lado rico de la ciudad, los muchachos de los suburbios menos favorecidos se reunían como lo habían hecho siempre; con alcohol, bocadillos, música, intimidad, alegría y la falsa seguridad de que a ellos nada les podía ocurrir.

Los depredadores, en las sombras, recorrieron los sitios que ya conocían y al no ver posibles presas se fueron acercando a lugares que nunca antes habían visitado, de pronto encontraron lo que habían estado buscando.

El alto volumen de la música y el estar acostumbrados los vecinos al ruido y a los gritos, impidieron que se dieran cuenta del ataque. Las grandes bestias estaban alteradas por el sonido. No tenían hambre, simplemente era el deseo de matar, pudieron satisfacerlo por completo. Cuatro o cinco atacantes dejaron veinte víctimas mortales y una docena de heridos graves.

Al día siguiente, cuando la policía volvió a Villa Baalbek, constataron que estaba la puerta como la habían dejado, la cerraron para evitarles sustos a los dueños y dieron aviso a su base.

Sin saberlo, habían encerrado a los feroces animales que entonces entraron por los jardines hasta cerca del palacio, donde se tendieron tranquilos entre las plantas, pasando desapercibidos para el personal.

De noche bebían agua en las fuentes, alguna vez durante la semana de quietud se acercaron a las puertas de la muralla viendo que estaban cerradas y había guardias en ellas, comenzaron a comer los restos de los guardias que mataron al salir unos días antes, pero eran insuficientes para ellos. A los nueve días desaparecieron tres jardineros.

Cuando se le informó al rey creyó que habían descubierto el camino al futuro, redobló la guardia en el interior de las puertas de la muralla, pero descubrieron los restos dispersos de los cuerpos de los dos guardias que supuestamente días antes se escaparon, la alerta se hizo general, los enormes jardines de los diversos pisos del palacio, así como los exteriores fueron cuidadosamente revisados, encontraron los cuerpos comidos del personal faltante, pero no a los depredadores, concluyéndose que habían salido hacia la ciudad o al campo con el consiguiente peligro para la población.

Entonces se ordenó la cacería, se armaron los carros de guerra con arcos, flechas y lanzas, los pobladores avisados también se armaron para protegerse, pero cuando los Malick regresaron a su casa, al abrirse las enormes puertas de la muralla algunos animales escaparon por ellas logrando los elementos a cargo matar un leopardo que fue llevado al rey con el informe.

En otras circunstancias hubiera mandado matar a los guardias negligentes, pero en ese momento sólo se le ocurrió cambiarlos para que participaran en la batida, reunirse con Evilmerodac y sus padres del futuro, informar todo lo que sabía, escuchar de Humberto y de su esposa lo sucedido en el lugar del que venían, dar instrucciones para ponerlos a salvo mientras él marchaba a la cacería y resultó que el arqueólogo llevó consigo armas y pidió ayuda a matar a las fieras.

Nabucodonosor exclamando —*¡Esto no sirve para nada!*— *Tomó un rifle por el cañón para usarlo como una porra, deteniéndose porque cuando iba a golpear una columna su hijo gritó —¡No, papá! ¡Así no se usa!*

Desconcertado le entregó el rifle preguntando —*¿Y cómo se usa esta cosa tan frágil?*

Marius se la dio a Humberto. —*¿Podemos salir del palacio?* Preguntó. Fueron hacia uno de los grandes jardines desde el que se veían otros más altos en pisos superiores. —*¿Ves esa palmera con cocos?*— El rey asintió. Humberto apuntó y con la mira telescópica uno tras otro destruyó los cocos, bajó el cañón, le disparó al tronco de la palma real que estaba a veinte metros, se movió y se formó un hueco. El ruido de los disparos hizo correr a la comitiva real.

Nabucodonosor no se movió, pero sus ojos demostraban no sólo sorpresa, sino miedo. —*¡Eres un dios, dueño del trueno!*

—*No papá, no es un dios, el arma utiliza pólvora que impulsa un pequeño pedazo de metal, mira.*

En su laptop puso un video sobre rifles, pólvora, balas y miras telescópicas, desconcertando miraba a su hijo, a Humberto, luego el rifle, se acercó a la palma real, pasó su mano por el tronco, metió el dedo en el agujero, se fijó en la cintura de su amigo, le preguntó —*¿Entonces lo que traes ahí no es un hacha?*

—*No rey, es otra arma de fuego, se llama pistola.*

—*¿Quieres usarla?*

—*Sí.*

—*Ten mucho cuidado, por aquí, por el extremo del cañón, por este hueco sale la bala. No apuntes hacia ti ni hacia alguna persona. Empúñala bien, pon tu dedo aquí. Ya que hayas apuntado oprime suavemente esta palanquita, muy despacio, despacito, para que dispare…*

¡Y sin querer disparó! Al escuchar el ruido de la bala, el rey dejó caer el arma; con el golpe se disparó sola y un jarrón se hizo pedazos.

No sólo Nabucodonosor, todos se asustaron concluyendo los Malick que era más peligroso poner un arma en manos de un babilonio que enfrentarse a cualquier monstruo.

Por suerte el soberano no quería volver a tocar "esas cosas de los demonios" y salieron él en su carro de guerra, acompañado de un guerrero, los Malick en su camioneta manejada por Bertha, Humberto con el rifle en la mano y la pistola al cinto, acompañados de un guardia, Marius y como cincuenta carros de guerra abastecidos para la cacería.

Salvo por algún transeúnte nervioso y protegido, la ciudad estaba desierta. Cuando disparó a las plantas de un tercer piso, pensó, y su familia también lo hizo, que los grandes felinos podían esconderse en cualquier azotea, cayendo sobre los moradores confiados en que la altura los ponía fuera de peligro.

Acordaron que Marius y el babilonio inspeccionarían las partes altas, y su padre, alrededor de la camioneta, que Bertha mantendría su cristal cerrado y cuando le advirtieran que tenían algún animal a la vista, bajaría la velocidad.

De pronto se fijaron en un grupo de leones que comían algo, se dieron cuenta de que habían sido vistos, pero como no estaban cerca siguieron devorando a sus víctimas, lo que aprovechó Humberto para bajar, apuntar y hacer varios disparos, pero desde el primero se movieron los leones.

Aterrorizados vieron que uno iba corriendo hacia ellos. Se metió Humberto a la camioneta, adentro no podía manejar el rifle, sacó la pistola en el momento en que la fiera metía la cabeza por la ventanilla y disparó. La cuarenta y cinco no sólo paró en seco al atacante, sino que le destrozó la cabeza.

Los animales que se habían reagrupado para comer huyeron nuevamente a la llegada del vehículo.

Dos leones yacían en el suelo, otros dos estaban heridos, no podían caminar, así es que el arqueólogo los remató con la pistola, reabasteció sus armas, recordó al militar que iba con ellos, el cual tenía cara de que quería decir algo, le preguntó si tenía alguna observación o pregunta, respondiendo con humildad:

—*Señor, tu palo de trueno mata a distancia, pero hace mucho ruido y los animales escapan.*

Con el arco y las flechas no hago ruido y puedo matar sin que los demás se den cuenta porque es un arma silenciosa. Tal vez no pueda apuntar tan rápido como tú, pero cree en la efectividad de mi arma.

Miró a las caras de su esposa e hijo que estaban de acuerdo con el acompañante, acordando que cuando encontraran varias fieras primero se usaría el arco.

Por las personas atacadas ya nada se podía hacer, así que siguieron patrullando cruzándose con algunos carros de guerra porque la mayoría de ellos habían salido de la ciudad.

Consideraron volver a su tiempo, pero con el arquero a bordo podía ser peligroso, por lo que regresaron al palacio de Nabucodonosor, esperaron a que este regresara con sus soldados, el hombre que los acompañó dio cuenta a su jefe de todo lo ocurrido, él a su vez les contó que no encontraron animales peligrosos, pero que al siguiente día saldrían de nuevo a la caza.

La cena estaba servida, pero los Malick declinaron la invitación, los tres, así es que el anfitrión mandó revisar la casa, asegurar las entradas a ella, y hasta entonces les permitieron ingresar a su morada.

Como si se hubieran puesto de acuerdo, cada uno se fue a su habitación a ducharse, y se reunieron en la cocina donde prepararon sus sandwiches, comentaron los sucesos recientes, acordaron que al día siguiente, después del desayuno, irían a cazar y se fueron a dormir. Estaban tan cansados que al poner sus cabezas en la almohada, cayeron en un profundo sueño.

Despertaron tan tarde que decidieron salir a hacer el brunch en algún restaurante comiendo hamburguesas, dado que la de Bertha se la había comido Nabu. No había las mesas habituales en el exterior, adentro encontraron muy pocas personas, se sentaron frente a un televisor puesto en un canal de noticias que mostraba horripilantes tomas de la masacre cometida por bestias feroces la noche anterior en un suburbio de la ciudad. Les provocaron náuseas, pero Marius se sobrepuso declarando: —*Eso lo he visto en el canal del pasado, pero ahora mismo tengo hambre. Si no como, comenzaré a morder gente.*

Después del brunch fueron a la oficina del doctor Malick. Sólo estaba el guardia. Les explicó que las autoridades querían que todos estuvieran encerrados en sus casas porque nadie estaba seguro en la calle ante los ataques de grandes felinos llegados de quién sabe dónde.

—*Doctor, es un milagro que ustedes se hubieran salvado, porque en la lancha que trajeron, bajo la lona, se escondía un leopardo. Cuando lo vieron salir, revisaron las cámaras de vigilancia del edificio y llamaron a la policía para darle las cintas. Ellos se llevaron la grabación y le están buscando para preguntarle en qué lugares estuvo, para determinar dónde pudo meterse el animal porque es posible que estén los demás cerca.*

—*¿Los demás? ¿Son varios los atacantes?*

—Si doctor. Al parecer eran dos o tres al principio, pero ahora pueden ser una docena o más.

—¡Dios mío! Exclamó Bertha ¡Dios mío!

Marius se abrazó fuertemente de su mamá y por primera vez dijo: —Tengo miedo.

—Sí,— lo apoyó el vigilante, —todos tenemos miedo. El personal de aquí no tiene fecha parta regresar, están en modo de home office. Hágalo así doctor, no se arriesgue ni arriesgue a su familia.

Salieron de las oficinas, abordaron la camioneta.

—¡Dios mío, Dios mío!— Repetía Bertha —¡Desde que llegaste a casa con esa vasija me dio mala espina!

—¡Nosotros hemos ocasionado todo esto!

—¡Perdón,papás, yo no quise romper el ánfora! ¡Se los juro!

—No, Marius, no es culpa tuya. ¡Nunca debí aceptar el ánfora ni el bastón!

—¿Qué puedo hacer? ¡Dios mío! ¿Qué puedo hacer?

Papá, creo que debemos hablar con mi padre el rey. Tal vez él sepa qué se debe hacer y nos ayude. Volvamos a Babilonia.

Retornaron a Villa Baalbek, los guardias les abrieron las puertas, condujeron hasta su casa. Dejaron la camioneta, pasaron por los jardines hasta la parte posterior del palacio, encontraron guardias que no habían visto, fueron escoltados hasta el tercer piso, a los aposentos reales, donde nunca habían estado; vieron que entre las bellas plantas, en los balcones, había guardias armados. En la enorme alcoba estaba el rey con Amitis y dos niños pequeños, al parecer ignorantes del peligro, porque corrieron hacia Evilmerodac, lo abrazaron llamándolo hermano mayor, lo que hizo reír a Marius que también los abrazó y se hincó a jugar con los gemelos de cinco años.

Amitis se acercó a Bertha que temerosa retrocedió, pero al ver la cara sonriente de la esposa del rey quedó quieta permitiendo que la mujer la abrazara, le ofreció disculpas diciéndole que estaba consciente de que le había salvado la vida, que la perdonara, que ahora que todos estaban en peligro deseaba morir en paz.

—¿*Morir en paz?*— Preguntó Bertha fingiendo un valor que no tenía. —*Ninguno de nosotros va a morir ¡Lo oyes! ¡Ninguno!*

Nabucodonosor y Humberto, contemplaban las escenas con sonrisas tristes. Se abrazaron, y el rey, jugando, preguntó a su amigo: —¿*Ahora si vas a tomar conmigo mi vino de dátiles?*— Y este, también riendo le contestó que prefería que se lo comiera un león.

—*Hablando en serio,*— dijo Humberto, —¡*Yo siempre hablo en serio!*— Respondió el rey.

—*Pues hablando en serio,*— repitió el hombre del futuro, —*quisiera, señor mío, que tú y tus hombres más sabios me ayudaran a solucionar el problema que causé.*

Con rostro serio, el rey preguntó —¿*Por qué dices que tú causaste el problema?*

Y entonces el arqueólogo refirió todo lo relativo al legado que había recibido y lo que después sucedió. El rey sólo preguntó —¿*Dónde tienes el báculo?*

—*Aquí señor, en mi casa.*

—¿*Te has dado cuenta de que nunca antes me llamaste señor?*

—*No señor, no me había dado cuenta.*

—¡*Y vuelve la burra al trigo!*

—¡*No me llames más señor! Nos hemos hecho amigos y tenemos un hijo en común.*

Ante la cara de extrañeza de Humberto, sonrió con picardía.

—*Mi amigo, voy a consultar con los sabios y con el sacerdote principal para que nos digan que hacer. Por lo pronto el palacio y tu casa están seguros. Descansen. Mañana nos vemos.*

Se fueron a su casa, cenaron sandwiches, se acostaron temprano, a la media noche se encontraron en la cocina porque ninguno podía dormir y repasaron paso a paso todo lo ocurrido desde que llegó Humberto con su ánfora a la casa. Dos horas después estaban durmiendo.

Despertaron tarde, desayunaron y, con la escolta que los esperaba afuera, llegaron al palacio. Fueron conducidos a un pequeño salón en el que estaban el rey y cinco personas más, notando que sus lugares estaban preparados. Nabucodonosor les pidió que contaran todo lo que les había ocurrido desde que encontraron la famosa ánfora.

Bertha habló primero aclarando que ellos no encontraron nada. Que un noble inglés legó a su marido el ánfora y un horrendo bastón que fueron el principio de todos sus infortunios.

El rey sonrió y pidió al señor Malick que refiriera todo lo ocurrido.

Humberto, suspirando hondamente, dijo que era verdad lo dicho por su esposa. Que él es arqueólogo, explicando en qué consiste su trabajo, agregando que no es extraño que las personas le obsequien artículos muy antiguos, pero por primera vez lo que le dieron era de la cultura asirio-caldea, según le habían dicho, con una antigüedad aproximada de dos mil seiscientos años y eran una vasija de barro y una especie de arma para golpear que tenía mango de madera y en el otro extremo una cabeza en bronce que semejaba la de un oso.

Que aceptó el legado de alguien que no conocía, llegó a su casa, bajó el cántaro, lo puso en una mesita en la sala porque recordó el mazo, regresé con él, contó, lo puse en manos de mi esposa y...

—¡Yo le dije de inmediato que me parecía horrible!

¡Y yo quise quitárselo de las manos, cayó sobre la vasija y la rompí!— Dijo llorando Evilmerodac.

Los papás lo abrazaron tratando de que entendiera que él no tenía ninguna culpa, pero Marius no dejaba de llorar.

El rey y su Consejo intercambiaron palabras. Les dijo a los Malick que el Mago y los sabios estudiarían lo que estaba ocurriendo y pronto les dirían qué hacer.

El Mago y el sacerdote principal les sugirieron que conocieran el palacio y los lugares más interesantes de la ciudad, que se distrajeran para que volviera la calma a ellos, porque de otro modo no podrían llevar a cabo lo que se les indicara ni solucionarían los problemas.

Evilmerodac pidió a su padre el rey que los ayudara designando a algunas personas que conocieran bien el palacio —*porque es tan grande,*— le dijo, —*que ni cuando vivía aquí llegué a visitar muchos lugares.*

Así se hizo, pero además de guías y guardias, pusieron gente que les brindara golosinas durante todo el recorrido. Los Malick, admiradores del arte, permanecían extasiados frente a cada bajorrelieve, escultura, bronce, muebles, lámparas que se fueron encendiendo al oscurecer, despidiendo humo y olor a aceite quemado con esencias, pero a aceite quemado. La guía principal les recomendó comenzar temprano al día siguiente porque habría muchos sitios interesantes que visitar y la reina Amitis les había dicho que deseaba estar con ellos.

Cuando los dejaron en su casa, estaban muy cansados, pero sus cerebros no paraban porque querían comentar y analizar cada cosa que habían visto, de tal modo que tardaron en dormirse. En sus sueños recorrían el palacio como si fuera un laberinto en el que pasaban por intrincados pasillos a salones y en el tercer piso a habitaciones, todo decorado y amueblado con extraordinario buen gusto.

Los relieves de escenas de cacería, de guerra, de personajes en cuestiones domésticas eran comunes, lo mismo que las paredes adornadas con mosaicos policromados representando leones, bueyes, animales imaginarios, enormes y bellas palmeras.

En grandes salones de la planta baja habían visto antes bellísimos y valiosos objetos que su guía dijo que eran muy antiguos, eran salas que exhibían cosas antiguas distribuidas y cuidadas con el mayor esmero sin duda por decoradores profesionales que planeaban y ejecutaban cada detalle de todos los lugares de palacio, porque desde los jardines que lo rodean hasta los jardines interiores y los pisos superiores eran de una belleza que raramente habían visto en su mundo, en su época.

La joyería básicamente era de oro con pedrería y mucha de ella con formas zoomorfas; las diademas no resultaban demasiado pesadas por estar hechas de finísima filigrana. Las más pesadas llevaban adornos coloridos e incluso podrían verse como prendas modernas de gran demanda si se produjeran en serie.

En la sección de ropajes antiguos los bordados de plata y de oro llamaban la atención por la destreza con que fueron elaborados, lo mismo para mujeres y varones. Las dagas, sus fundas, los cinturones, el calzado tanto civil como militar eran bellos y el filo de las hojas de las armas sorprendía.

El segundo día de recorrido por la regia construcción, hizo que desearan ver más, así lo dijeron y se los prometieron. Lo que nadie les dijo es que al tercer día les pondrían ricas y finas ropas babilónicas con las que los fotografió Marius.

—*¿No se le acaba la pila a tu celular?*— Preguntó Humberto.

—*No es el mío, respondió riendo el niño. El mío se lo quedó el rey, yo estoy usando el tuyo y lo cargo cada noche.*

—*¿Has tomado muchas fotos?*

—*De todo lo que me ha gustado porque si algún día regresamos a nuestra ciudad quiero tener los recuerdos de este fantástico viaje.*

—*¿Y tú laptop?*

—*También la tiene el rey.*

—*¿O sea que él simplemente toma lo que quiere?*

—*Papá ¡Es el rey!*— Lo regañó Marius, dirigiendo su mirada a los servidores que lo rodeaban, que estaban sorprendidos de que llamara papá a un extraño. El príncipe era hijo de Nabucodonosor II ¡Era Evilmerodac!

Sabiendo que sus vidas corrían peligro, se miraron a los ojos guiñándolos en señal de que lo comprendían.

Los Malick ya para ese momento disfrutaban de algunos bocadillos como los dátiles y los higos secos, pero sólo saciaban su sed con las botellitas de agua que traían de su casa, de cuyas bocas bebían directamente y les ponían las tapas antes de colocarlas en el bote de basura. Ignoraban que cada día las botellas vacías eran llevadas al rey que llenaba las de cerveza con vino de dátil y las de agua con el agua más pura de sus fuentes.

Nadie más que sus guardias personales sabían que el rey iba a la casa cuando no estaba la familia, llevando al personal adecuado para concretar sus ideas. Se llevó un plato de cerámica, una copa de vidrio que estaba en la vitrina, un tenedor, un vaso, e hizo que sus artesanos fueran a copiar las cosas grandes de cerámica donde satisfacían sus necesidades. Las fuentes de las paredes de los baños no fueron difíciles de copiar ni la bañera, pero los espejos no habían conseguido imitarlos, lo que provocaba su deseo de llevarse alguno, sólo estudiaba cuál se notaría menos.

En privado, el rey era curioso, travieso y audaz. Lo demostró cuando invitó a cenar a los Malick en un salón donde había una mesa igualita a la cocina y sillas como las de ellos, con platos de arcilla vidriada y copas de plata copiadas de las de vidrio que ellos tenían en su casa, lo mismo que el vaso y el tenedor, pero… ¡El tenedor! Más parecía un arma que un instrumento de mesa.

Les puso un pan que imitaba el de caja con que hacían lo que comían, variados quesos, carne horneada finamente cortada, aceite de oliva especiado, cebolla, puerro, manzanas, uvas, dátiles prensados finamente cortados, y la mayonesa, la mostaza y el chile jalapeño que su personal, sin su conocimiento trajo de casa de sus invitados, pero consideró que era parte de su dieta.

No pudieron evitarlo, se morían de la risa todos porque como es contagiosa, el rey, Amitis, el personal de cocina y el de servicio reían, hasta que Evilmerodac gritó —¡*Cree el rey que sólo comemos sandwiches!*— Y las risas aumentaron.

Cuando las risas calmaron, Nabucodonosor preguntó secándose los ojos: —¿Está mal lo que hice?— Respondiendo Bertha —¡Está perfecto!

Y volvieron a reír.

Amitis riendo sugirió que acortaran sus nombres cuando estuvieran en privado. —El rey, mi esposo me llama Ami y yo a él Nabu. Es más corto y más familiar. Podríamos ser Bertha, Berto, Evil, Nabu y Ami ¿Les parece?

—El rey manda,— opinó el nuevo Berto, volteándolo a ver. El aludido volteó la cabeza como pensativo y rio estentóreamente al decir: —¡sí!

Entre todos prepararon los emparedados, que por cierto estuvieron riquísimos a su parecer, preguntando Nabu cómo hacían el kebab que le gustó tanto, el que habían comido todos.

—¿Kebab?— Se preguntaron los Malick.

—Sí, en un pan como este, pero redondo.

Evil otra vez riendo le dijo a su padre Berto —¡Las hamburguesas! ¡Le gustaron las hamburguesas!

—Ami, yo te enseñaré a hacerlas,— prometió Bertha a la reina.

Los varones fueron a la reunión del Consejo del rey. Ami y Bertha a visitar los jardines interiores. En la planta baja tenían tres, siendo el de en medio el más grande.

—Los ejércitos de mi esposo nos traen ejemplares de todas las plantas que encuentran, ya sea para decoración o medicinales. Los jardineros escogen los mejores sitios para que prosperen, dando aviso a los médicos, al sumo sacerdote y al hechicero de la corte que estudian cada planta, consultan las tablillas para saber si saben de ellas, de no ser así, lo averiguan dándoselas de comer y de beber en tés, a algunos animales, y también los aplican sobre la piel de otros, toman notas durante días, meses o años para conocer los efectos que producen.

—¿Por qué algunas se prueban durante años y otras durante días?— Indagó Bertha.

—Porque los efectos de las venenosas casi siempre son inmediatos, respondió Ami, otras resultan inocuas, algunas requieren tiempo para que causen algún efecto. Tenemos productos que embriagan sin tener licor, otros que inhalados te evaden de la realidad, unos que en pequeñas dosis alivian el dolor, pero pueden matar si se excede la cantidad consumida, alguno que mata poco a poco, pero también descubren antídotos y todo se cataloga rigurosamente porque hay cosas que no cualquiera debe usar y otras que incluso pueden sembrar en sus casas.

—Con la supervisión de la corte,— continuó Ami, —hay personas autorizadas para elaborar productos medicinales, otros para hacer dormir, algunos para dar vigor, algunos para embriagarse sin vino y muchos otros. Hay también de producción restringida, ya que pueden emplerse como armas.

—Ami, cuando te conocí pensé que eras una mujer frívola, perdón, pero no creí que tuvieras estudios, pensé que carecías de conocimientos.

Ami sonrió. —Mira,— le dijo, —en el reino de mi padre se prepara a las mujeres de la nobleza para que puedan ser de ayuda a sus maridos, porque estamos destinadas a casarnos con príncipes que tienen un harén en el que existen mujeres muy bellas, con gran inteligencia, con dotes artísticas, entrenadas para brindar placer, pero muy raramente para opinar con bases, proponer soluciones, ser fortaleza del esposo, maestras de los hijos y gobernar en caso necesario, haciendo todo sin decírselo al cónyuge porque puede desconfiar de quien está a su altura. Nabu me comenta sus cosas, los problemas del reino y yo sólo lo escucho. Sólo opino cuando él me lo pide. Aprecia mis opiniones. Lo agradezco y no deseo causarle ningún disgusto.

—Me gustaría parecerme a ti, amiga.

—No,— respondió Ami, —soy yo la que quiere imitarte. Eres fortaleza de tu esposo, maestra y fuente de amor para tu hijo, e irradias tu bondad transmitiéndola a todos los que te rodean. Que bueno que nos conocimos y que juntas estemos procurando solucionar un problema tan grande que se antoja increíble.

Pero nos pidieron calma. Estamos trabajando en ello. Pronto tendremos la forma de que todo se arregle, te lo aseguro. Mientras tanto sigamos conociendo el palacio porque hay lugares que estoy descubriendo contigo. Y ahora que hice mención del harén, te confieso que siempre he querido conocerlo. Las concubinas no pueden acceder donde yo estoy, pero no veo razón por la que no podamos ir donde ellas ¿Vamos?

—¡Vamos!

Capítulo IX
El harén

Fueron conducidas a otra ala del palacio, no menos bella ni menos rica que la que ocupaba Nabucodonosor II con su esposa. Contaron diecinueve mujeres, algunas de mayor edad que Ami y otras mucho más jóvenes, atendidas por solícitos varones.

—Ami ¿No se pone celoso tu marido con esos muchachos aquí?

—Son eunucos, respondió la reina, se les condiciona para poder servir en el harén y generalmente lo hacen sus padres cuando los futuros servidores son aún niños.

En la bella alberca a la que caía el agua de varias fuentes se bañaban vestidas varias mujeres, que al salir eran atendidas con solicitud, algunas salían a tomar el sol a la terraza cerrada y otras se cambiaban de ropa y se instalaban a comer algo o beber sobre alfombras y almohadas.

—¿Y aparte de hacer feliz al rey? ¿A qué se dedican? ¿En qué ocupan su tiempo?

—No tienen obligaciones porque hasta a sus hijos se los cuidan nodrizas, pero sé que algunas pintan, bordan, tejen o hacen otras manualidades.

—No veo a ninguna con una tablilla escribiendo o leyendo.

—No, en general no lo hacen. Viven el presente que para ellas es su futuro. No esperan nada más de sus vidas.

—Sabes amiga, querías conocer el harén, ya lo hicimos. Volvamos a nuestras vidas ¡Porque nosotras sí tenemos vidas! Y demos, gracias a Dios por todo lo que nos da ¿Te parece Ami?

—Sí, vámonos. Quiero que conozcas un lugar que me encanta, en el que puedo dar órdenes y si no son muy descabelladas, me obedecen. Sígueme.

Tomaron por un laberinto que llegó a parecerle interminable a Bertha, hasta que llegaron al segundo piso, donde la guardia reconoció a su reina y les permitió el paso a una serie de grandes salones donde se trabajaba frenéticamente.

Todos, hombres y mujeres, saludaron con gran ceremonia hasta que llegaron a un sitio donde se revisaban las prendas que las costureras y costureros entregaban. Las costuras, los bordados, aplicaciones, piezas de conjunto, el calzado, los tocados, todo, todo absolutamente debía ser perfecto.

Luego pasaron a un departamento de joyería, vieron a los orfebres trabajando oro y plata para hacer los adornos que lucirían los reyes y los miembros de la familia o de la corte que el rey ordenara, así como las que se llevarían al harén.

Estuvieron junto a los talladores de piedras, vieron como enhilaban algunas para formar collares, cómo las engarzaban en las cadenas de oro, la forma en que los artífices tallaban el metal para que figuraran cuerpos de animales; las pulseras y anillos, broches, alfileres, adornos para el cabello, peines, objetos de oro, plata o bronce para decoración.

Nuevamente, el tiempo transcurrió sin que se dieran cuenta. Pronto la luz se fue y custodiadas por personal con antorchas, se dirigieron al palacio, donde dirigidas por los aromas llegaron al salón de la comida.

Nabu, Edil y Berto habían llegado ya.

Los sitios de ellas estaban dispuestos, se sentaron y vieron que los guardias exteriores eran atacados por una manada de leones jóvenes dirigidos al parecer por una leona.

No tuvieron tiempo de nada, todo había transcurrido en un santiamén. Los cuerpos de los guardias fueron arrastrados, saliendo el resto de la guardia detrás de ellos. En la confusión entró corriendo una fiera que se fue directamente sobre el rey, Berto se interpuso, los tres cayeron, Ami, Bertha y Evil tomaron los tenedores hechos en Babilonia, los clavaron en el cuerpo del animal distrayéndolo por un segundo que aprovechó el niño para tomar un mechero que por casualidad entró en las fauces del león lastimándolo, asustándolo, haciéndolo huir sin que nadie en el salón hiciera algo para ayudarlos.

Se volvió un caos no solamente el palacio sino la ciudad entera.

Bertha, Ami y Evil no dejaron que se levantaran el rey ni Berto, procedieron a revisarlos. Los ropajes de Nabu lo protegieron, pero las garras lograron rasgarle el pecho. Berto no tenía protección y sus heridas eran graves, una mordida en el antebrazo izquierdo, rasguños en el pecho, en la pierna izquierda y en brazo derecho. Perdía sangre.

—*¡Mamá, tenemos que llevarlo a una clínica!*

—*Aquí podemos atenderlo, mis médicos saben como hacerlo.*

—*Ayúdanos rey, lo vamos a llevar. Que lo suban a mi camioneta ¡Por favor!*

Salieron del palacio por el portón de la gran muralla. Mientras Bertha conducía, Marius trataba de parar la hemorragia. Berto no se quejaba, pero no podía evitar que se notara su dolor, se revolvía agarrando fuertemente su brazo.

Llegaron a la clínica, pararon a urgencias, de inmediato lo subieron a una camilla, el médico de guardia al ver las heridas exclamó: —*¡Prepárense, otra vez las fieras!*

—*¡Al quirófano! ¡Llévenlo directamente al quirófano!*

Vocearon a los médicos que intervendrían. Al quirófano no pudieron pasar la esposa ni el hijo; vieron llegar a gente de la policía, Marius le preguntó a su mamá que iban a decir, ella le respondió: —*Si decimos la verdad nos llevarán directo al hospital psiquiátrico, más vale no decir nada.*

—*Pero van a venir a preguntarnos.*

—*Pues no diremos nada porque ¿sabes? Creo que no resultaría raro que la esposa tuviera un ataque de nervios, así es que no te asustes y permanece conmigo, aunque quieran separarnos.*

Bertha se puso a llorar a voz en cuello. Alarmó a los que esperaban atención, lo mismo que a las enfermeras y médicos. La subieron a una camilla, la llevaron a un cuarto, vinieron varios médicos a examinarla constatando que físicamente no tenía lesiones, luego era una crisis nerviosa la que estaba sufriendo.

Le pusieron suero y calmantes que la hicieron dormir. Su hijo sólo se separaba de ella para preguntar por su papá que salió de cirugía dos horas después.

Los médicos le dijeron que las heridas de su papá eran superficiales, con excepción de las del brazo que habían afectado músculos y la vena media del codo, debido a que los colmillos habían sujetado precisamente el codo. —*Gracias a Dios que no perforaron una arteria. Las heridas del pecho, del otro brazo y de la pierna, aunque fueron profundas, no rompieron músculos.*

—*¿Puedo hablar con mi papá?*

—*Sí. Está despertando de la anestesia. Sólo no lo canses, tu visita lo puede ayudar en su recuperación.*

Cuando Berto abrió los ojos, su hijo estaba junto a su cama; se abrazaron. Berto le preguntó si estaba bien, el niño respondió: —*Sí, papá.*

—*¿Y tu mamá?*

—*También, pero hicimos una diablura cuando vimos entrar a la policía. Como no nos pusimos de acuerdo sobre lo que se iba a decir, fingió un ataque de nervios, fue internada con suero y calmantes que la tienen durmiendo.*

—*¿Pero por qué hicieron eso?*

—¡Ay, papá! ¿Qué clase de locos inventarían una historia así?

Le dolieron las heridas por la fuerza con que rio.

Las enfermeras pensaron que se había puesto mal, así es que inyectaron calmantes al suero… ¡y a dormir!

En la noche la mamá despertó, Marius le informó que su papá estaba bien, que el león le mordió el codo, desgarró los músculos del brazo y de la pierna, pero lo operaron y estaba bien.

—¿Lo puedo ver?

—No mamá, oye lo que pasó.— Después de oírlo estuvo a nada de que le pusieran otra dosis por las carcajadas que lanzaban los dos.

A la mañana siguiente fueron de inmediato a ver a su esposo. Ya estaba despierto, lo abrazó. Se abrazaron los tres, rieron mucho cuidando de no exagerar por temor a más tranquilizantes. Entró el médico que lo atendía, quitó las vendas, revisó las heridas, las lavaron, les pusieron medicamentos, y volvieron a vendarlas. A pregunta del señor Malick, dijo que si todo seguía igual en tres días, lo podrían mandar a su casa.

—Mientras tanto ¿Qué hacemos?

—¡Lo que sea! Pero no me manden de vuelta ahí ¡Por favor!

—No Evilmerodac.

—¡Mi nombre es Marius!

—¿Ya no te llamas Lupin?

—¡No friegues papá…!

Bertha abrazó a su hijo riendo: —¿Cómo quieras llamarte? Eres mi hijo.

—¡Y mío! Aunque Nabucodonosor II lo discuta.

En Babilonia, después de la salida de los Malick el rey ordenó el aniquilamiento de leopardos, hienas, leones y de cualquier animal que fuera un peligro para los humanos.

Sus heridas no fueron graves por la intervención de Berto y de Evilmerodac, pero estaba consciente de que pudo morir.

A los guardias de palacio que cuidaban la entrada al salón de banquetes no podía castigarlos debido a que se le adelantaron los leones: los mataron.

Con la primera luz del día salió al frente de sus carros, ordenaron a cada habitante que revisara su casa, sus jardines, bodegas, así como cualquier sitio donde pudiera esconderse un animal grande.

Tres días peinaron la ciudad y sus alrededores sin resultados.

¿Qué había ocurrido? ¿A dónde se fueron las fieras? Si no estaban ahí ¿Pudieron irsecon los Malick? ¿Cómo estaría su amigo Berto? ¿Viviría?

Ami lo disuadió de ir con su ejército a ayudar a sus amigos, haciéndole ver que el lugar al que fuera debía tener también su ejército con armas como las de Berto, que podían usar contra ellos si los consideraban una amenaza.

—¿Y si voy sólo?

—*No puedes. Cuando has ido a su tiempo lo has hecho con ellos. Una vez en la puerta de la muralla estarías perdido. Ellos te han llevado y traído, no conoces los caminos. Me contaste que hay guardias en la entrada de la propiedad y ellos mismos te van a detener.*

Piensa que Berto debe estar bien. Si las noticias fueran malas ya las hubiéramos recibido ¿No crees?

—*Si Ami, tienes razón, pero por lo menos deberíamos hacerles saber que las fieras se escaparon y deben estar en su propiedad o en su ciudad. Ellos no saben leer nuestra escritura cuneiforme y nosotros no sabemos escribir como ellos.*

—*Amor, tú te quedaste con la cajita mágica de Evilmerodac. Él te enseñó a perpetuar imágenes en ella. ¿Por qué no le dejas el aviso en la cajita y la colocas en la mesa de la cocina de su casa? Cuando vayan ahí la notarán.*

—*Sí, eso voy a hacer. Aprovecharé para ir con nuestra gente a revisar su vivienda. Si Berto vive no se podrá defender de otro ataque.*

Capítulo X
Los Malick

En el hospital en que estaba internado, a los tres días consideraron que podría ser llevado a su casa para continuar en observación. Marius le robó la palabra a sus papás preguntándole al médico.

—*¿Doctor, no sería más seguro que mi papá se quedara unos días más?*— El galeno volteó a ver al paciente y a su esposa, ninguno habló y él, sorprendido, contestó que sí, que aun cuando las lesiones no ponían en peligro su vida las heridas podrían infectarse por el mal manejo y en la clínica tenían personal especializado que evitaría ese peligro.

Los Malick respiraron aliviados. Tenían miedo de regresar a su casa porque las fieras que escaparon podrían sorprenderlos. Desde que salieron para el hospital no habían regresado a su casa ni pensaban hacerlo.

Los papás de Bertha ofrecieron su casa para que se quedaran con ellos mientras el yerno se ponía bien y de hecho ahí habían estado descansando y bañándose. Las enfermeras colocaron un catre en el cuarto hospitalario para el descanso de los acompañantes.

¿Qué estará pasando en Babilonia? Se preguntaban los Malick.

¡Qué bueno que no lo sabían!

En la casa de los Malick el rey con sus oficiales había revisado todo, la casa y sus alrededores. Nada. Colocó el teléfono en la mesa de la cocina, como había planeado, pero dejó también la laptop, porque no funcionaba.

Dejó vigilantes, regresó a su palacio, nuevamente hizo que lo recorrieran todo, excepto el harén cuya custodia siempre estuvo en manos de los eunucos y los administradores de confianza que normalmente no tenían acceso a él. Tranquilizado, se sentó con su Consejo a comer algo y analizar nuevamente todo lo ocurrido.

Más tardaron en iniciar la reunión que en salir corriendo hacia el harén. Les avisaron que un tigre atacó, dejó mujeres y hombres muertos, otros mutilados o heridos, todo destrozado, se llevó a la concubina más joven y huyó por la puerta del jardín. Intentaron seguirlo, pero desapareció desde el jardín superior. Nadie vio a dónde fue.

Nuevamente, revisaron el palacio, encontraron a la chica muerta, muy mordida, en el piso, entre macizos de flores, junto al cuerpo en descomposición de uno de los eunucos. La búsqueda se hizo frenética, abarcó todos los departamentos de la mansión real, comprendió la casa Malick, los extensos jardines inferiores. Llegó hasta la puerta principal de la muralla, cerrada; al zigurat del palacio, las bodegas de armas, los diversos almacenes, las casas de los sirvientes. Nada.

En el lugar de habitación de los sirvientes todo estaba en orden.

Nabucodonosor II, el soberano, dejó gente armada vigilando y salió con su ejército a revisar la ciudad palmo a palmo. Nada.

La opinión de Abraham, el consejero real, hombre muy inteligente y experimentado, fue que se concentraran en el palacio, lo convirtieran en una fortaleza, ofrecieran recompensa por el cuerpo de cada animal feroz que les llevaran, poniéndole al tigre una recompensa especial.

El sumo sacerdote, hechicero que manejaba los productos para calmar, dormir, quedar borracho sin alcohol y también los venenos, propuso poner trozos de carne envenenada cerca de los sitios en que se sabía habían estado las fieras. Se acordó hacer todo lo propuesto teniendo el cuidado de no poner en peligro a los perros, resguardados por costumbre en las perreras reales, los cuales estaban entrenados para salir sólo para las cacerías y para la guerra. Aquellos robustos canes braquicéfalos no eran animales domésticos.

Entró el rey a sus habitaciones tenuemente iluminadas por lámparas de aceites aromáticos y de pronto enloqueció, comenzó a gritar, despertó la reina Amitis y uno de los gemelos porque en el sitio en que debía estar el otro existía solo una mancha de sangre. Los guardias entraron, vieron horrorizados que se habían llevado a uno de los críos.

Se corrió la voz de que el tigre se llevó a uno de los niños y lo oculto, seguro para devorarlo.

Y así era. Lo devoró en las instalaciones del palacio. Satisfecho por el momento, ocultó los restos en el follaje del sauce llorón que se veía desde el balcón de las habitaciones reales. Quizá por estar demasiado a la vista, a nadie se le ocurrió revisar el sitio.

El rey lloraba, gritaba, destrozaba todo, lastimándose los puños, golpeaba a quien se le acercara, hasta que su pequeño hijo, llorando, le comenzó a decir: —*¡Padre! ¡Padre! ¡No se lastime! ¡Golpéeme a mí!*— La cara de odio con que miró al pequeño hizo suponer que lo mataría, pero en lugar de eso lo abrazó fuertemente llorando.

Ambos lloraban, sumándose a ellos Amitis, que decía entre sollozos: —*¡Me hubiera atacado a mí, no a mi hijito!*

Se había aglomerado mucha gente llorosa en el aposento. Abraham en voz baja ordenó: —*¡Dejen de llorar, vayan a matar al asesino!*

Ahora la gente de la ciudad se sumaba a la búsqueda.

El Consejero Real ordenó que se alimentara a los perros y que una vez satisfechos se les llevara a los sitios en que podía esconderse la bestia para iniciar con ellos la cacería.

El macho alfa, líder de la jauría, se dirigió al palacio, los demás lo siguieron.

Pasaron por pasillos y salones, llegaron al sauce, ladraban frenéticamente intentando trepar y de pronto comenzaron a perseguir a un animal que saltó del árbol, corrió hasta otro, cuando llegaron a él pasó a otro, brincó a una palmera, de la copa de esta saltó hacia un balcón, entró al edificio, de algún modo lo atravesó, salió hacia la puerta de Ishtar, la puerta de la muralla estaba cerrada, doblo hacia la derecha, llegó a la casa Malick, desapareció en el baño, se metió a la bañera, al ser localizado se dirigió a la cochera permaneciendo ahí hasta que los perros llegaron. Entonces tuvo que enfrentarlos porque no tenía adonde ir.

A zarpazos mató a varios, hirió a muchos, pero le mordían las patas, inmovilizaban sus brazos, mordían, mordían, mordían hasta llegar a su cuello, logrando prenderse de él cuando había logrado salir a la cochera. La lucha era incesante, sin cuartel. Cuando fue emasculado, intentó levantarse, pero eran muchos contra él.

Su agonía fue larga porque los soldados querían que sufriera, no matarlo con una lanza, sino ver en sus ojos el terror que él causaba, pero nunca lo lograron.

Momento en el que varios rhodesian alcanzan a un león y lo bloquean para que no huya

Hasta su último aliento tiró zarpazos y su mirada fue feroz. Ni sus entrenadores pudieron acercarse a los perros. Enloquecidos destrozaron el cuerpo. Ellos decían que nunca antes vieron algo semejante.

Nabucodonosor pudo ver el espectáculo desde lejos porque su gente temía que fuera atacado por sus propios cánidos frenéticos, totalmente descontrolados, peleando incluso entre ellos mismos, retornando el rey a su salón del trono con una tristeza inmensa, furioso, con deseos de pelear y de matar, vengar la muerte de su hijo, de emborracharse, de perder la conciencia, lo que lograron Abraham y el sumo sacerdote poniendo en su copa un potente somnífero antes de meterlo a su cama.

Temieron que se les hubiera pasado la mano cuando vieron que en treinta y seis horas no se movió. Se daban por muertos cuando de pronto se levantó, vio a su esposa y a su pequeño, los abrazó y volvió a tirarse al lecho con ellos.

Una semana después salieron de sus aposentos. El rey había perdido peso, no se había bañado, dejó de comer y de beber. Amitis lo convenció para que entrara a un pequeño estanque de agua tibia. Ella entró también con su hijo. El agua tibia lo relajó junto con las esencias que vertieron en ella. De pronto se medio incorporó exclamando —¡Oye Ami! ¡Conozco esto! ¡Es de la casa de los Malick!— Ami rio —¡Claro! ¡Lo tomé de su baño! Ellos lo usan para lo mismo y no están aquí.

Abraham y el sumo sacerdote cerraron los ojos e imploraron al cielo que nunca supiera la pareja real que estaban disfrutando su baño en el sitio en que se refugió el tigre que mató a su pequeño hijo antes ser cercado en la cochera de la casa en el jardín.

En la casa de los suegros de Humberto había miedo y tensión.

Los papás de Bertha sabían que su yerno fue atacado por un león, pero no podían entender nada de lo que estaba sucediendo en su ciudad.

Leones, leopardos, indigentes, pequeños escolares, jóvenes atacados por felinos que nunca habían sido vistos por allá. Entre ellos se preguntaban ¿Qué estaba pasando? ¿Qué les estaban ocultando?

¿Por qué no querían regresar a su casa? ¿Qué había en esa casa que les daba miedo ir?

Marius, que siempre fue un muchacho listo y extrovertido, sólo hablaba con sus papás y poco. Con los abuelos no tenía diálogo. La mayor parte del tiempo estaba nervioso, se comportaba como si alguien o algo lo estuviera acechando y preparándose para atacar.

Lo que menos deseaban era que la familia de su hija creyera que los estaban corriendo de la casa, pero Casandra y Gil llegaron a la conclusión de que algo debían hacer. Gil, más amoroso que su mujer, que presumía de ser muy práctica, le advirtió a ella que él no daría motivo para que se fueran y que cualquier cosa mala que les pasara sería su responsabilidad.

Poco le importó y mientras comían, estando todos juntos, les dijo que ya habían contratado personal de limpieza para ir al día siguiente a Villa Baalbek y así pudieran ellos reinstalarse en su casa donde tenían todas sus comodidades.

—Mamá ¿Nos están sacando? Preguntó Berta y el padre respondió: —No hija, estamos muy contentos de que estén aquí, de que nos acompañen, pero tu madre desea ayudarles.

—Mamá ¿Te estorbamos aquí?

—No, bueno, no, pero como que ya va siendo hora de que vuelvan a su casa. Berto ya está bien y debe volver a su vida normal, regresar a la casa y a la oficina.

—Mamá, creo que sabes que la oficina de mi marido está trabajando con el sistema de home working. Por el peligro que hay en la ciudad nadie está yendo a la oficina. Todo lo manejan desde sus computadoras. Marius también está estudiando su secundaria con el mismo sistema. Quieres decirme mamá ¿En qué les perjudicamos?

Ni siquiera les costamos, cuando traen los pedidos del super soy yo, es decir, mi marido el que los paga. Pero no te preocupes, no mandes a nadie a mi casa, nosotros nos haremos cargo y en unos días estaremos fuera de aquí, pero si te urge que nos vayamos, mañana nos iremos a un hotel.

Gil intervino. —No hijita, sabes cómo los queremos y que estamos felices de que nos acompañen ¿Verdad Casandra? Tu madre solo quería su comodidad, pero olvida todo lo dicho y permanezcan aquí el tiempo que quieran.

Desde que llegaron a casa de los abuelos, Marius estaba durmiendo con sus papás. Al entrar a su cuarto, les advirtió a sus padres: —¡No vuelvo a la casa! Aunque la bruja de la abuela nos quiera sacar, no me voy a nuestra casa ¡No me voy! Si ustedes quieren hacerle caso, piensen en algunos parientes suyos que vivan en otra ciudad o en otro país, porque aquí ustedes saben que corremos peligro.

¡Y sí que lo corrían!

La abuela, para demostrar que nada estaba pasando, salía de compras, regaba su jardín, procuraba estar afuera de su casa, trataba de que su marido hiciera lo mismo, pero él le respondía que ella estaba loca y que él no había perdido la razón —¡Contrólate!— Le decía, causando que se pusiera más terca.

Gil y su nieto habían acordado en secreto tener siempre armas a la mano. Eso salvó la vida de Casandra porque cuando fue atacada a plena luz del día y en su jardín, el abuelo logró dispararle al animal que se volvió hacia ellos recibiendo un disparo de pistola del muchacho que terminó de matarlo.

Pero la abuela fue lastimada, mordida y herida por las garras del león joven que la atacó.

Acabó en el mismo hospital en que el yerno había estado.

Marius, en privado, les aseguró a sus padres: —Nos están siguiendo. No sé como ni por qué, pero sé que nos están siguiendo.

Sus padres no tenían necesidad de responder, creían lo mismo.

No sabían que cuando salieron para llevar a Berto al hospital varios grandes felinos se habían escapado. El que lesionó a la abuela Casandra fue de los más pequeños.

El lugar en que vivían era muy arbolado, había grandes parques y las casas se construían en amplios terrenos. Por la naturaleza de los animales no era fácil localizarlos, porque se escondían en las copas de los árboles o entre las matas y arbustos de los jardines.

Conversando los Malick acerca del peligro que representaban los leones y leopardos que asolaron la zona, al chamaco le vino la idea de que usaran perros para localizarlos. Bertha, en tono de burla, comentó que ningún perro se enfrentaría a un león, pero su esposo la corrigió. —*Hay una raza capaz de localizar leones y aun de enfrentarlos. Son los crestados rodesianos. No son muy comunes por aquí, pero por los canales adecuados se podría reunir un buen número de ellos para nuestros fines, que no son que peleen, sino que localicen a los animales que debemos cazar.*

Perro Crestado Rodesiano

—*Papá ¿Por qué no se lo sugerimos al jefe de la policía?*

—*La idea es buena, ahora mismo llamo al comandante.*

—*Mientras tanto, si te parece papá, entraré a mis redes sociales para localizar por medio de mis amigos a personas que tengan*

perros crestados rodesianos. Les explicaré qué ocurre, lo que espe-
ramos de ellos y la necesidad de que cuanto antes se comience la
búsqueda.

El jefe del policía acepto, previa consulta con el gobernador y con la cámara de comercio, interesada por las pérdidas económicas que causaba a sus asociados el problema. Ellos ofrecieron alojamiento y comidas para los dueños por los que se enteró el joven Malick de que el entrenador de prácticamente todos los crestados rodesianos del área había sido el señor doctor Eduardo Miguel que enterado se sumó de inmediato al proyecto y propuso un equipo de médicos veterinarios para el debido manejo alimentario y de curaciones, en su caso.

En veinticuatro horas el equipo estaba listo y ya había otra víctima. Dos niños jugaban en el jardín de su casa y un leopardo se llevó a uno de ellos. No habían encontrado el cadáver, pero no cabía duda de que estaba muerto.

El sitio de concentración fue la academia de policía por sus amplias áreas. El equipo de logística junto con especialistas en grandes especies determinó que la búsqueda debía hacerse cerca de donde se habían dado los ataques y que los miembros del club cinegético que se habían reunido debían participar junto con los manejadores de los perros, debiendo permanecer a distancia para que pudieran usar sus armas una vez localizadas las fieras.

Resultó una empresa exitosa. Dos leopardos y tres leones jóvenes (dos machos y una hembra), fueron abatidos. Un miembro de los protectores de animales se interpuso entre los perros y un leopardo, que saltó sobre de él y por poco lo mata, haciendo que los conservacionistas bajaran el tono de sus protestas y su protagonismo.

El triunfo infundió valor a los Malick que decidieron volver a su casa, pero no tanto como para hacerlo de inmediato.

Mientras tanto en Babilonia, muerto el gran tigre asesino, el sumo sacerdote y Abraham obtuvieron autorización para que algunos de los perros de guerra permanecieran con sus manejadores en el palacio de Nabucodonosor II.

Encontraron dos felinos escondidos que lograron huir porque no había quien los cazara. Quizá porque no esperaban encontrar otros depredadores, no llevaron gente armada.

Fue un error que no volvería a ocurrir.

La cocina de palacio trabajaba mucho y los restos se tiraban a un basurero que rara vez se limpiaba. No se le había visto nunca, pero ahí habitaba una leona. El día que la capturaron (porque no peleó), hallaron tres cachorros que amamantaba, se compadecieron y previa orden del rey fueron a dar al zoológico.

Todavía hubo tres incidentes más con humanos. pero sin víctimas fatales. Crías de borrego, perros, aves de corral y otros animales pequeños siguieron desapareciendo y la cacería ordenada continuó.

Cuando los Malick volvieron a su casa no había ya patrulla custodiando su puerta, pero sí guardias babilonios que les abrieron. Ahora estaban acompañados por perros de no muy buena cara. Tenían aspecto de feroces.

Alrededor de su casa también había guardias y perros.

Los ayudaron a revisar el interior y cerciorados de que no había peligro, se retiraron a las cercanías, no abandonando su guardia.

Por más que habían hecho para poner orden en las cosas, se notaba que dentro de la casa se libró una pelea en la que desaparecieron el "agua" de Humberto y la tina del baño.

Afortunadamente, llevaron buen bastimento de cerveza, salami, mortadela, y una pierna de jamón serrano con todo el equipo para cortarlo. Al poco rato de la inspección de su llegada entraron los reyes. A ambos se les notaba que habían sufrido, pero él adelgazó mucho, parecía otro, la ropa le quedaba holgada.

Esta vez llevaban a uno de sus gemelos. Los conocían de palacio porque a su casa no los habían llevado.

Leyó el rey la pregunta en los ojos de Evilverodac, le contestó: —*El otro está muerto, nos lo mató uno de los felinos.*— Trató de mantener la compostura, pero sus ojos se llenaron de lágrimas.

Entonces Evil se levantó, abrazó a su padre, y el gemelo se unió a ellos, permaneciendo así unos minutos hasta que Nabu se controló. Los Bertos lloraron en silencio, abrazados de Ami.

Ami fue la primera en hablar. —*Aquí se escondió la bestia que mató a nuestro hijo. Los perros de guerra lo encontraron en la cochera y ahí lo mataron, pero al parecer el ataque comenzó dentro de la casa o por lo menos los animales atravesaron la casa para entrar a la cochera.*

A nosotros no nos dejaron entrar hasta estar seguros de que no había peligro. Toda la cerveza se le llevó a Nabu. Vine con personal para que se pusieran orden en la casa y se limpiara todo y al entrar al baño se me ocurrió la idea de llevarle a mi esposo el recipiente grande que tienen para bañarse, pero creo que para hacerlo rompieron unos tubos. Que pena, pero no sabemos como repararlos.

—*Eso que se llevaron es un jacuzzi, que requiere de instalaciones especiales,* acotó Bertha. *No se preocupen, pueden quedarse con él. En algún momento mandaré a instalar otro.*

—*Ahora déjennos contarles cuanto nos ocurrió desde que salimos de aquí.*— Entre los tres fueron relatando momento a momento lo sucedido hasta que, dado de alta Berto se instalaron en casa de los suegros, la conducta de Casandra que prácticamente los sacó de su casa, el trato de Gil y Marius para estar siempre armados, el ataque a la suegra, el ejército de perros que lograron reunir, la estrategia utilizada, la ayuda de cazadores con experiencia y su regreso a la casa.

Nabu y Ami les contaron con detalle cada cosa ocurrida después del ataque de que fueron objeto, mismo que llevó a Berto al borde de la muerte, todo lo del harén y la forma en que el enorme tigre entró a sus aposentos, eligió a su presa llevándose a su pequeño hijo Marduk que devoró entre el follaje del sauce llorón visible desde el balcón de su alcoba donde lo encontraron los perros de guerra que lo hostigaron, lo persiguieron y encontraron en Villa Baalbek, ahí lo acorralaron en la cochera, destrozaron el cuerpo del tigre, enloquecieron, hubo que esperar a que se calmaran, los llevaron a las perreras y de ahí a seguir las pistas de los demás grandes felinos que habían estado atacando humanos, hasta que acabaron con todos, excepto una leona que se alimentaba de restos de comida y los tres cachorros que amamantaba.

En conclusión: los grandes depredadores fueron aniquilados tanto en Babilonia como en la ciudad de los Malick, y ya no había peligro para ellos al viajar.

—*Amigos,*— dijo la reina, —*si mi esposo lo permite, me gustaría conocer su mundo desde luego al lado de él y de nuestro hijo Nabu, ya que el pequeño Marduk se fue.*

Sólo les recuerdo,— advirtió Marius, —*que entre nosotros no hay problema de comunicación, porque es telepática, pero en nuestro tiempo, con la gente de ahí, no podrán comunicarse si no es por nuestro conducto.*

Bertha opinó que podrían decir que —*son amigos que vienen de … de… de ¡Estambul!*

—*¿Por qué Estambul?*

—*¿Qué idioma se habla en Estambul? ¿Lo sabes?*

—*Sí, Berto, se habla turco ¿Conoces a alguien que hable ese idioma?*

—No amor, pero…

—*Pero por eso mismo dudo que alguien cercano a nosotros lo hable.*

—*¿Tú qué opinas, Nabu?*

—*De cualquier manera yo hablo poco, es Ami la que no se calla.*

—*¿Cómo te atreves?*

—*Aunque no fuera cierto lo que dice mi padre ¿Podríasno hablar?*

—*¡Nabu!*

—*Quiero decir que ninguno de nosotros tres debe hablar, pero si fuera necesario hagamos creer que los Malick son nuestros intérpretes, como en la corte tenemos gente que interpreta lo que dicen emisarios de lugares lejanos.*

Con el ceño fruncido, la madre Babilonia sólo dijo —*¡hummmmm!*

La ropa del suegro de Berto la tenía Nabu en su guardarropa, la de Bertha le vino bien a Ami, en los closets de la casa encontraron ropa vieja de Marius, de cuando era chico, que le quedó bien a Nabu hijo, cargaron el celular del chamaco Malick y su laptop, al día siguiente en la mañana salieron por la puerta de la muralla, no sin antes encomendar a Abraham, al sacerdote principal del culto, a Marduk y a los miembros del Consejo que cuidaran de la seguridad y buen gobierno del reino… ¡Y comenzó la aventura!

Capítulo XI
Primera Parada

Primera parada. Lo fue la casa de Gil y Casandra. Gil los recibió con amabilidad, se dijo encantado de conocerlos, los hizo entrar a su casa, los instaló en la terraza trasera, cerca del bar y de la alberca que fascinó a Nabu, pero contrario a lo que pensaba Marius ¡Entendían todo y podían hablar como sus anfitriones, aunque con un curioso acento!

Por eso Ami supo que Casandra le reclamó a su hija que sin aviso previo hubiera llevado gente extraña a su casa.

—Mamá ¡Son nuestros amigos!

—¡Pero no son amistades mías!

—¡Mamá!

—Llévatelos antes de que tu padre, que es tan blando e imprudente como tú, los invite a quedarse en esta casa, porque si lo hace ¡Te juro que me voy a quedar en un hotel!

Contrariada se dio vuelta para ir a la terraza, dándose de cara con Ami, que sonreía como si no hubiera oído nada.

Fueron a la parte de la alberca, los señores platicaban muy animados ¡Los tres estaban platicando! ¡Se entendían! Bertha volteó a ver a Ami que sin inmutarse mirándola a la cara, asintió con la cabeza declarando: —La comprendo.

Los niños en la alberca jugaban con una pelota.

A todos les pareció extraño que Bertha dijera, sonriendo que tenían que irse, habían hecho un compromiso y no debían llegar tarde. Berto ladeó la cabeza, interrogante, pero la expresión de su esposa y su tono no admitían réplica.

Ya en la camioneta el señor Malick preguntó —*¿Qué pasa?*

Fue Ami la que respondió: —*Casandra no nos quería ahí.*

—*¿Cómo lo sabes?*

—*Amigo, ella ignoraba que entendemos cuanto dicen y le dijo a tu esposa que no nos quería en su casa.*

—*¿Es cierto, amor?*

—*Si corazón, es cierto.*

—*Con tu perdón amor, esa vieja es una bruja ¡Aunque sea tu madre!*

—*Lo sé, lo sé ¿Qué les parece si vamos a comer algo?*

—*¡Keebab, keebab!*— Pidió el rey, su mujer e hijo, y aceptaron con el beneplácito de los Malick.

Llegaron a un restaurante de una de las franquicias más famosas. Había fotografías de cada tipo de hamburguesas, a todo color, con los ingredientes a la vista, destacando el tamaño de cada una, y como era de esperarse, el monarca pidió las más grandes, se las comió ¡Y pidió otras! Como ahí no vendían cerveza, pidió agua negra con burbujas, repitiéndola muchas veces porque le gustó, y como también le gustaron los servicios sanitarios del establecimiento, desahogó varias veces la vejiga.

Los demás comieron lo que se les antojó, esperaron a que se hartara el rey. Llegando a su casa, abrió el refrigerador, sacó el "agua" de Berto, la puso en una jarra, la bebió de corrido, acostándose luego en la cama de su hijo.

Ami y su hijo durmieron en la habitación de invitados y Marius, feliz, en medio de la cama de sus papás, a quienes entre sueños pateó a gusto.

La cruda de Nabucodonosor II fue de antología. Nadie se burló por el miedo de que creyera que estaba en Babilonia y matara a quienes le faltaran al respeto.

No quiso salir.

Ese día permanecieron en la casa y los niños en la alberca hasta que la piel les quedó quemada por el sol y arrugada como uvas pasas.

Cenaron sandwiches, excepto Nabu papá, que no quería levantarse. Se tomó dos cervezas, trató de comer, pero su estómago no lo permitió. Le enseñaron otro uso para el inodoro. Ami le lavó el bigote y la barba. Después de haber trasbocado, no pudo beber ni agua y durmió hasta la mañana siguiente.

El siguiente día los llevaron a pasear por la ciudad, conocieron las avenidas, los parques, los edificios muy altos, el hotel downtown, los mercados; bajaron en los principales supermercados.

Ami escogió ropa para ella y su hijo, a Nabu chico le encantaron las playeras con estampados, los zapatos tenis, las gorras, se compraron ropa para la alberca y toda la fruta que quisieron. Al rey le interesó la enorme estructura, la carencia de columnas, la claridad interior, la temperatura fresca cuando afuera había calor; la forma de pago con una "tablilla" flexible, la cantidad de carros sin caballos alrededor de las tiendas, los grandes anuncios suspendidos en el aire. Todo lo maravillaba y muchas cosas que veía las quería para su reino. La limpieza de las zonas de comercio le fascinó. No había malos olores ni frutas, verduras o carnes en mal estado.

Lo que le hacía falta eran sus jardines, sus hermosos jardines que hacían de Babilonia la ciudad más bella del mundo, pero fuera de eso, la ciudad de los Malick le encantaba. No existía protocolo, no tenía que andar con guardias, adonde quiera que fueran, podían comer bien y, por cierto, dijo, —*ya es hora de comer y tengo hambre. ¿Adónde vamos ahora?*

Y lo llevaron a comer a un restaurante de carnes asadas. Ordenaron los Malick diferentes cortes, guacamole, salchichas asadas, cebollas, gaseosas para los muchachos, cerveza para los señores y unas sangrías para las damas.

Quizá porque Nabucodonosor deseaba distinguir la diferencia en el sabor de cada corte o por el recuerdo del empacho que sufrió dos días antes, se midió en la comida y en la bebida, excepto por el guacamole que nunca había probado, como tampoco las salchichas para asar, a las que les metió con ganas.

Para los babilonios había sido suficiente por ese día.

Se sentaron en la sala de estar frente a una gran pantalla de televisión y de pronto estaban metidos en una carrera de automóviles, espectáculo que les desagradó. Cambiaron a un canal de cocina, vieron entre cosas conocidas muchas otras que nunca habían visto, quisieron saber qué sabor tenían, les prometió Bertha que guisaríaalgo así para que lo probaran; al llegar a los postres se enteraron de que les encantaban, con la suerte de que en la nevera tenían un pie de dátiles, brownies, una caja de plástico transparente con merengues y la caja de chocolates rellenos de cajeta, que son los proferidos de Marius.

¡En verdad les gustaban!

Por lo visto nadie les había hablado de que tanto dulce picaba los dientes ni de que causan diabetes, así es que, con la ayuda de Marius, no quedó nada.

Vieron un programa de playas, recordaron que ellos tenían muy cerca de su palacio un gran río y el mar, declarando que les encantaría ir al mar. Acordaron que al día siguiente irían a una playa cercana. Antes de ir cargaron combustible, Berto pagó con la pequeña tableta flexible, dorada, a la que no le quitaban ni un pedazo para que quedara como pago, hubo que explicarles como funcionaba, pero no lo entendieron. Ahí mismo, en la gasolinera compraron cervezas y refrescos, los metieron a una caja con hielo, adquirieron sombreros para todos, camisetas, playeras, sudaderas que cubrieran sus cuerpos del sol, sandalias para la arena, lentes, que primero compró Marius, luego Amitis, y le siguieron los Nabus y los Bertos. El jefe de la familia Malick se dio prisa en que salieran de ahí porque la clientela comenzó a rodearlos con cierto respeto, murmurando en voz baja —¡*Síes*! ¡*Sí es*! *No puede ser* ¡*Dijeron que murió en el dos mil siete*! ¡*Tal vez se retiró y viaja de incógnito*!, ¡*dicen que lo mismo hizo Elvis*!— Y otros comentarios por el estilo.

La situación hizo sonreír al rey, su alegre sonrisa les dio la seguridad de que sí era, brotando aplausos espontáneos.

Capítulo XII
La playa y Astarté

Llegaron al pueblo costero en que tenían su residencia de playa, metieron su vehículo, cerraron la reja de acceso por la carretera, los cuidadores de la propiedad los ayudaron a bajar el equipaje, llevarlo a las habitaciones, a la cocina, a la bodega, abrieron la casa por el lado del mar, sacaron los muebles de la terraza, conectaron el enfriador del bar, pusieron alrededor de la alberca los camastros, mientras tanto se cambiaron de ropa los recién llegados, se fueron metiendo a la alberca conforme salían, cuando salió Nabucodonosor no llevaba más que la calzonera sin cubrirse el torso, dando la impresión de que un oso se daba un baño.

Lo convencieron de que se pusiera una camiseta de playa, de manga larga. En algún momento se les ocurrió meterse al mar disfrutando un agua limpia, clara, templada, que descendía poco a poco. Legaron hasta donde era cómodo para Nabu hijo estar de pie, conversaron ahí de los baños de mar en Babilonia, de los de río, los de estanques exteriores e interiores, de la forma en que calentaban el agua cuando era deseado, de los perfumes y aceites aromáticos para el baño, conversación interesante para ambas familias, entretenidas sin darse cuenta de que poco a poco los rodeaban otros bañistas, algunos conocidos, vecinos de su residencia, pero otros totalmente desconocidos que nunca habían visto por ahí. Iban llegando lanchas en las que descaradamente los ocupantes tomaban fotos de ellos, más bien del rey. Se sintieron amenazados, salieron del mar, los siguieron hasta la alberca sin entrar a su propiedad, lo que hizo que entraran a la casa, la cerraran, revisaran la reja de la entrada, pusieran las cadenas en el límite de la casa con las dunas.

Prendieron el aire integral, cerraron todas las ventanas y cortinas, se acomodaron alrededor de la tele, comentaron lo que estaba ocurriendo. Los niños dijeron que les pareció que personas del super, adjunto a la gasolinera, los siguieron hasta la playa.

—*Pero ya es mucha gente, exclamó Bertha, es demasiada, algo está pasando ¿Hay qué averiguar?*

En un cambio de canal supieron qué ocurría. Los noticieros subían fotos de Nabu y cuestionaban la muerte del famoso tenor italiano afirmado que estaba vivo, que lo mismo que Elvis había fingido su muerte porque la fama lo había hartado. Tenían el atrevimiento de mostrarlo en el mar, con la familia, en la terraza que daba al mar, en un supermercado, en la gasolinera; ya hasta daban los nombres de los amigos en cuya casa estaban.

—*¡Esto no puede seguir! Llamaremos a la policía ¡Tienen que alejar a los fotógrafos!*

Durante la noche no hubo ningún movimiento en la casa de playa, pero en el exterior era una locura.

Cuando llegó la policía, nadie contestaba; sin embargo, alguien debía estar ahí porque la camioneta en que viajaban estaba estacionada, las puertas de la casa cerradas, el medidor de consumo eléctrico giraba como si los ocupantes tuvieran prendidos todos sus aparatos eléctricos.

—*Comandante debemos investigar qué pasa. La señora Malick llamó muy molesta por los paparazzi que los importunaban. No creo que no sepa que estamos aquí, la casa está rodeada de cámaras de vigilancia, deben estarnos viendo. Si no contestan puede ser porque algo malo les ocurrió. Debemos entrar.—* Y lo hicieron.

Contuvieron a los fotógrafos tanto como pudieron, pero fue inevitable que se enterara todo el mundo de que la casa estaba vacía. Un reportero preguntó: —¿Secuestro?— Trascendiendo de inmediato a la prensa que informó: ¡SECUESTRO! Puso en movimiento a todas las corporaciones, a la embajada de Italia por la nacionalidad del cantante y de su familia, vinieron cadenas noticiosas de todo el mundo, dieron gran espacio a comentarios de psíquicos, unos afirmaban que no podía ser el tenor, ya que se habían comunicado con él en el mundo de los muertos, mientras otros insistían en que no había respondido espiritualmente y, por tanto, estaba vivo.

De pronto, sin razón alguna, comenzó a circular la versión de que estaban pidiendo un rescate millonario en euros con la amenaza de que si en setenta y dos horas no pagaban, todos los secuestrados morirían.

Los que estaban a punto de morir eran Gil y Casandra, no sólo por la posibilidad de que su hija, esposo y nieto pudieran perder la vida, sino que además Gil le reclamaba a su mujer que ella, con su intolerancia y egoísmo puso en riesgo a su familia, y ella respondía que él era un debilucho incapaz de decir no, responsable de la falta de carácter de su hija que hacía todo lo que Berto le pedía y era él, Berto en todo caso el responsable del secuestro.

Pero los desaparecidos estaban en un templo de Astarté.

Decenas de leones los rodeaban rugiendo ferozmente sin atacarlos. Se escuchaba el lejano sonido de un rítmico tambor y de arpas, y se sentía olor de incienso que aturdía los sentidos. De pronto, entre el humo apareció la diosa de los mil senos, flanqueada por dos leonas.

—¡Criminales! Les dijo. Ustedes han matado a mis hijos. Nunca les prohibí hacerlo en cacerías rituales, pero con absoluta maldad acabaron con todos los leones de Babilonia. Sabiendo que soy protectora de la naturaleza ¡Cómo se han atrevido a matar a mis grandes felinos!

—¡Ahora serán alimento de ellos!

—¿Quién eres, señora?, preguntó Nabucodonosor.

—¿No me reconoces? Soy Astarté Ishtar, me construiste una hermosa puerta en tu Ciudad y un bello templo ¡Y siempre te protegí!

—Señora, es verdad que siempre me has protegido, pero no a mi familia. ¡Mi pobre hijito fue robado de su cama y devorado por un tigre sin que tú lo impidieras! ¡Mi harén fue atacado! La gente de mi pueblo ¡Que te ama! Vio morir a sus hijos, esposas, padres, atacados por animales asesinos que rompieron el corazón de quienes los amaban.

¿Cómo, Señora, podía no proteger a mi gente?

Mientras tanto, los leones que los rodeaban los lamían, rugían en sus oídos y los rasguñaban con sus garras.

Marius, con profundo miedo, habló.

—Gran señora, yo no tenía el privilegio de conocerte porque no pertenezco a esta época y te pido perdón si te causamos dolor al lastimar a tus leones, pero ese dolor que sientes me indica que tu corazón de madre comprende lo que han sufrido las mamás de las decenas de niños que mataron en mi tiempo, de los jóvenes que sólo se divertían, los indigentes que fueron devorados vivos por los leones en mi ciudad, donde tuvieron que cazarlos para acabar con el terror que nos obligaba a vivir encerrados.

Soy un hijo, tú eres una madre protectora. Aquí están mis padres Bertha y Humberto, mi padre Nabucodonosor II, su esposa y mi pequeño hermano a cuyo gemelo devoró el tigre ¡Perdónanos, señora!

Astarté Ishtar, batió con lentitud sus alas, meditó largamente, acarició a la leona que quedaba a su izquierda, salieron tres cachorritos de atrás de su madre, la leona se quedó viendo a la cara de la diosa que sin quitar la vista de la madre felina con voz misericordiosa reconoció que la gente del rey no mató sólo por matar, que mató a los que habían matado. —Esta hija mía, dijo, estaba amamantando a sus cachorros escondida en el basurero de la cocina de palacio, la mantuvieron con vida al igual que a sus tres pequeños.—

A un ademán de Astarté los grandes felinos dejaron de acosarlos.

—Marius, Nabucodonosor, no vuelvan a usar el nombre de Evilmerodac. Ni tú digas que te llamas así. Ni tú te dirijas al muchacho con ese nombre.

Evilmerodac, enterado de los problemas del reino, ha regresado antes de celebrarse su boda. Si sospecha que alguien quiere quitarle su trono, lo matará.

Marius, quedas bajo mi protección. Cuando tengas una hija, en recuerdo mío, por gratitud, la llamarás Isis. Ya me ocuparé, en su momento, de Evilmerodac, morirá embestido por un gran felino.

No los devolveré al mismo sitio. Van a ir con Casandra.

La abuela, cuando los vio, abrazó a su hija, a su nieto, a su yerno y luego a los amigos, uno a uno, pidiendo perdón, llorando por su actitud anterior.

Convencidos de que no podían perder tiempo porque los paparazzi no tardarían en hallarlos, en el coche de la suegra se dirigieron a Villa Baalbek, entraron a la casa por la cochera, salieron por la puerta principal a los jardines del palacio, el rey no dejó continuar a los Malick, —vayan a casa de Gil,— ordenó. —Así lo hicieron.

Todo resultó cronométrico. Como si lo hubieran planeado de ese modo, apenas entraron los Malick. Llegó la prensa primero y luego la policía. Abrieron la puerta, encontraron a la familia, les ofrecieron un café que los agentes del orden rehusaron, preguntaron por los visitantes, respondieron que habían vuelto a su lugar de origen, terminando por el momento el alboroto excepto para algunos reporteros sensacionalistas que se quedaron por los alrededores con la esperanza de conseguir tomar algunas fotografías que los hicieran ricos.

Al llegar los soberanos a su palacio no los reconocían, pero los guardias que estuvieron todo el tiempo esperando el regreso de la familia real juraron que eran el rey, la reina y el pequeño Nabu.

En el salón del trono se hallaba Evilmerodac con soldados que le eran leales, golpeando a Abraham, cuya cara estaba ensangrentada, preguntándole —*¿Qué has hecho con mi padre?*

Cuando Nabucodonosor le gritó —*¡Aquí estoy!*— Evilmerodac se le fue encima cimitarra en mano para matarlo. Lo detuvieron los hombres de rey, pero tampoco ellos reconocían a ese hombre con una prenda pequeña tapándole el trasero y los genitales y otra de palmeras cubriendo su torso, con algo sobre los ojos y un raro sombrero.

Pronto le pusieron encima túnica, manto y gorro, cayendo de rodillas el príncipe que asombrado repetía —¡Padre! ¡Padre! ¡Perdóname padre!

Al que no le ofreció disculpas fue a Abraham, cuyos ojos ensangrentados lo hubieran matado si hubieran sido dagas.

La reina y su hijo se retiraron a sus habitaciones. Nabucodonosor, contento, abrazaba a su hijo como pocas veces lo había hecho, repitiéndole que le había hecho mucha falta. El príncipe, con cara de culpa, intentaba seguirle el humor a su padre, hasta que no pudo más y le preguntó:

—*¿Padre, quiénes Evilmerodac?*

Poniendo cara de sorpresa, el rey le respondió:

—*¡Hijo, que te pasa, Evilmerodac eres tú!*

¿Quién más podría ser? Tú eres el príncipe de estas tierras, mi heredero.

¿Por qué preguntas?

—*Porque Abraham y varios de tu corte, que por cierto ya están muertos, me informaron de que habías salido de viaje con Evilmerodac y ese soy yo, que no estaba aquí porque estaba tratando lo relativo a mi boda, como me lo ordenaste.*

Padre ¿Podrías decirme qué ha pasado?

—*Claro hijo. Vinieron a verme unos amigos que no son de nuestro reino. Él es Humberto Malick, ella su esposa Bertha y el niño Marius. Él es un niño débil. Tú eres un hombre fuerte. Tu pelo es como el mío y cuando crezcas tu barba lo será también. Él tiene el pelo muy corto, como su papá y ninguno tiene barba.*

—*Pero me contaron que le decías Evilmerodac.*

—*El rey, riendo dijo: yo le hablaba mucho de ti, tal vez por eso oyeron tu nombre cuando conversaba con él.*

—*¡Hummmm! Puede ser, pero el personal piensa que lo tratabas como hijo.*

—*Como hijo de mis amigos, sí. Pero ustedes no se parecen en nada, ya lo conocerás.*

El rey no olvidaba el consejo de Ishtar, que advertía el peligro de que Evilmerodac sintiera que Marius podía ser un obstáculo para su reinado y de que lo mataría.

También Marius y sus padres lo tenían en cuenta.

Sin embargo, el pequeño Nabu le había tomado cariño a Marius porque era bueno con él y su verdadero hermano no. El niño escuchó la advertencia de la diosa, pero niño, al fin, la olvidó por un momento cuando entraron al palacio los Bertos y su hijo.

A la vista de Evilmerodac corrió hacia su amigo, lo abrazó y le dijo: —*¡Evil, que bueno que volviste!*— Marius hizo como que no se dio cuenta y con el niño abrazado dio la mano al rey, a su esposa y luego al hijo del rey al que dijo —*¡Hola, soy Marius Malick!*— El príncipe, aturdido respondió: —*¡Yo soy Evilmerodac, hijo del rey Nabucodonosor II y heredero de su trono!*

—*Me da gusto conocerte príncipe, el rey me ha hablado mucho de ti y de que eres su orgullo.*

Una sonrisa desconfiada se dibujó en el rostro del heredero, pero todavía no estaba satisfecho porque una lechuza le había dicho que le querían quitar el trono que le pertenecía. Enterado de esto el Consejero real investigó e informó al rey que Lilith, la diablesa, enemiga de Astarté había ofrecido a Evilmerodac entregarse a él, hacerlo conocer los mayores placeres de la carne si demostraba que era un hombre y mataba al extranjero que trataba de arrebatarle el trono poniendo en su contra al rey, su padre.

Pero la diosa Ishtar, que todo lo sabía, había advertido al rey, a Marius y a todos los que estaban en contacto con este, lo que pasaría. También lo dijo al Consejero Abraham, al sacerdote principal de Marduk y a los demás miembros del Consejo del rey, a los que mató Evilmerodac antes del regreso de su padre.

La diosa lo advirtió con tiempo. Pero los partidarios de otro dios, aliados de Lilith conspiraban para quitarle el trono a Nabucodonosor II que rendía culto a Ishtar, eran los que trataban de que Evilmerodac traicionara a su padre con tal de gozar de los favores de la voluptuosa Lilith, que materialmente lo enloquecía, no se dieron cuenta de que lo que más lo afectaba, era el creer que el rey tenía otro aspirante al trono, un extraño al que prefería. Quiso saber quién era y los informantes afirmaban que era Evilmerodac, pero uno distinto a él —*¡Distinto a mí! ¡Soy el único Evilmerodac y el heredero del trono! ¡El preferido de mi padre!*— Vociferaba antes de que su progenitor volviera de su viaje y de que conociera al presunto usurpador que no podía compararse con él. Era un niñito débil que no podría cargar una cimitarra, menos aún un escudo. No podría disparar una flecha, saldría disparado de cualquier carro de guerra, sus jabalinas caerían a sus pies si lograba lanzarlas y nunca podría manejar a los caballos que tiraran del carro.

Su inmensa curiosidad lo llevó a entablar conversación con el forastero —*¿Cuál es tu nombre?*— Preguntó.

—*Marius, Marius Malick.*

—*¿Cuántos años tienes Marius?*

—*Doce.*

—*¿Estás enfermo?*

—No ¿Por qué?

Tomó por la muñeca el brazo derecho del muchacho, lo observó, comentó: —*No tienes músculos. Tus manos nunca han trabajado. Sería fácil torcer tu cuello. ¿Eres casado?*

—*¡Noooo! ¡Estoy muy chico para casarme!*

La respuesta y la forma defensiva en que la dio, hizo reír con ganas al príncipe.

—*Y tú ¿Estás casado?*— preguntó Marius.

—*Pronto lo estaré,*— respondió.

Entonces reparó el muchacho Malick en las características de su interlocutor.

Era de su misma altura, pero muy musculoso, tenía cuello de toro, manos fuertes y rasposas, cabello largo, poco aseado, la dureza de su rostro y de su expresión lo hacían parecer un hombre mayor, tenía don de mando, era temido por sus hombres, era cruel.

No podía ser débil ante él, pero el hombre tampoco era tonto y debía manejar con cuidado la situación, como diría su abuelo, para evitar fricciones porque ese sujeto podía matarlo.

El pequeño Nabu se soltó de los brazos de su hermano Marius, lo tomó de la mano y dirigiéndose a ambos dijo: —*¡Vamos a ver mi caballo!*

Caminaron hasta los establos llenos de ponis, uno de los encargados se aproximó para atenderlos con actitud servil y temerosa, oyó la orden de Evilmerodac, trajo el caballo del niño y otro poni. —*Este es mi caballo,*— declaró el príncipe —*¿Quieres montarlo?*

Extrañado Marius respondió: —*No gracias, no sé montar.*

¡Claro que sabía hacerlo! Una de las actividades que más se practicaba en su escuela y en toda su comarca era precisamente la equitación, pero montaban caballos, no enanos.

Se dio cuenta de que su respuesta satisfizo al heredero del trono porque sonreía satisfecho.

Ayudó a subirse al caballo a su pequeño hermano y de un brinco se subió al suyo. Parecía que estaba cuidando al niño porque daban vueltas por los terrenos del establo a puro trote, no corrían.

No podía ser tan malo. Si tenía esas consideraciones para un niño, debía existir amor en su corazón. De todos modos, pensaba, no quiero estar aquí.

Cenaron en casa de los Malick.

El rey ofreció a su hijo "agua" de Berto. Dijo el príncipe que no le agradaba, pero se tomó seis. Entonces dijo a los anfitriones que se tenían que ir, pero Ami y Nabu se quedarían con ellos.

La velada fue muy agradable, Ami durmió con su hijo en la cama de Marius y el muchachón pateó toda la noche a sus papás como hacía cada vez que dormía en su cama.

Representación de Astarté Museo Británico, Londres

Capítulo XIII
El exilio

La casa estaba custodiada, no corrían peligro, sólo les preocupaba que ya llevaba fuera dos días el rey y no había noticias de él hasta que llegó el Consejero Real con la cara todavía morada y cojeando, no aceptó cerveza, pero sí líquido negro con burbujas que le encantaba tomado directamente de la botella y eructar después por la enorme satisfacción que le producía.

Cuando los niños fueron a jugar a otra habitación, Abraham reveló el motivo de su visita.

El rey quería pedir a sus amigos que se llevaran a su esposa y a su pequeño hijo a la casa de Casandra y Gil y no volvieran pronto

—*¿Cuándo debemos volver y por qué tenemos que irnos?*

—*Vuelvan después de la próxima luna nueva y tienen que irse porque Evilmerodac cuando llegó al palacio, siguió bebiendo, ya borracho, comenzó a romper cosas, a matar empleados, a amenazar a todos, incluso a su padre, que hizo que lo encerraran hasta que se le pasara la borrachera.*

Los médicos y sacerdotes de Marduk han estado quemando hierbas para que su humo lo tranquilice, y mezclan en su vino polvos, adormidera y cosas que hacen dormir. Como está tan alborotado, no le hacen mucho efecto. Quiere matar a Marius porque sabe que el rey le llamaba Evilmerodac y cree que le quieren quitar el trono.

Por eso el rey les pide que se vayan. Teme que atente contra ustedes debido a su carácter irascible y violento que le causa muchos problemas y hace que la gente no lo quiera. Incluso sus servidores y amigos más cercanos le tienen miedo porque mata sin razón, sin arrepentirse de sus crímenes.

Fue dedicado al dios Marduk al nacer y ha abjurado de él. No se lo perdonará. Ahora que se siente poderoso porque Lilith le dice que es suya, considera que puede hacer lo que quiera, ya que nada ni nadie lo puede detener. Cree que es el único amante de la diablesa. No sabe que se ha acostado y se acuesta con todos los demonios del infierno y con todos los que le conviene hacer sus esclavos.

Ella no le es fiel a nadie, como no lo fue a Adán, al que abandonó para no depender de él y ser libre de hacer su voluntad y ejercer su sexualidad. Afirma que el deseo es la fuerza que mueve todo lo creado.

Con Evilmerodac su afirmación ha sido cierta.

Huyan ahora que pueden.

Ami temerosa e incrédula, arguyó que no sería capaz de atacar a su padre ni a ellos.

Abraham, suspirando quejumbrosamente, replicó: —*Pensaba igual en lo que a mí respecta. Fui su mentor y muchos de los consejeros reales lo fueron también y los mató para que confesáramos quién conspiraba con su padre para arrebatarle la sucesión al trono. Ishtar me salvó y ese día les salvó también a ustedes.*

Pero reina mía, yo sólo les he traído las órdenes de mi rey. Los extranjeros tienen que cumplirlas y tú, señora, deberías hacerlo protegiendo a tu hijo.

Bertha, Berto y Marius subieron algunas cosas a la camioneta, le preguntaron a Nabu —*¿Vienes?*— Volteó a ver a su madre, le tomó la mano y subieron al vehículo.

La mañana siguiente fue liberado Evilmerodac. Lo primero que hizo, sin avisar a su padre fue ir a Villa Baalbek a saludar y a "invitar a los amigos a una cacería".

—¿Qué piensas cazar, preguntó su padre, si hemos acabado con los grandes felinos que había en Babilonia?

—A los que quedan,— respondió.

Pretextando su próxima boda, regaló a su hijo un palacio cercano a la ciudad que dotó de todas las comodidades y lujos. Los espías que enviaba a su corte morían en poco tiempo, pero le llegó suficiente información para cercar herméticamente su propio palacio en el que la única vida que tenía que cuidar era la suya.

El heredero dejó el país de la que iba a ser su esposa al saber que su trono estaba amenazado por un impostor, trayendo con él, sin saberlo, espías de su futuro suegro que fue informado de quién era en realidad el que pretendía a su hija, un hombre sádico, cruel, un asesino depravado que tenía como amante a la diablesa Lilith bajo cuya protección y dominio realmente estaba.

La princesa pidió a su padre que no la obligara a casar con él, negativa a la que se sumó el príncipe heredero, según informes fidedignos llegados a Nabucodonosor, pero el rey tenía que cumplir la palabra empeñada y así lo hizo, aunque ninguno de los dos lados apuró la boda.

Casandra y Gil acogieron con cariño a Ami y a Nabu. Humberto, pretextando que ya la casa de Villa Baalbek tenía muchos años y Bertha y Marius deseaban vivir cerca de los abuelos, adquirieron una casa moderna, bien equipada, de dos pisos, con terreno de dos mil quinientos metros cuadrados, con una sólida barda alrededor y reja automática (para no extrañar la comodidad de los guardias babilonios, decía Marius), equipada con cámaras de vigilancia alrededor de la vivienda y en la calle, pero se quedaron con los abuelos "mientras equipaba la casa nueva", que ya estaba equipada.

El yerno tampoco deseaba irse. Siempre se sintió cómodo con el cariñoso suegro, con el que compartía aficiones y gusto por determinadas bebidas, siendo común que los cuatro varones de la familia salieran de compras o simplemente a pasear.

Como "algo le había pasado a la amiga de Blanca", que así se referían a Casandra, los Malick, se volvió cariñosa, amable, dejó de pelear por todo, de fastidiar a sus víctimas preferidas: su marido y el de su hija.

Tardaron en volver a la casa de la playa, donde pasaron desapercibidos sin la presencia del gran tenor italiano, pero comenzaron los niños a invitar a algunos amiguitos llenando el lugar de risas y alegría.

En privado, Bertha y Ami comentaban las cosas horribles por las que pasaron, recordando lugares, personajes, las circunstancias de los hechos, la protección de la diosa Ishtar o Astarté, la promesa de Marius y la posesión de Evilmerodac por Lilith. En eso estaban cuando entró Casandra, escuchó el nombre y preguntó —*¿Quién es Lilith?*

Lilith, escultura tallada en relieve

98

Es un ser mitológico, contestó Bertha.

—Sí,— continuó Ami, estuvo en el jardín del edén, fue la primera esposa de Adán, pero se negó a someterse a él y se marchó para vivir su vida como quisiera.

—¡Bravo, la primera feminista de la historia!— Exclamó Casandra. —Vengan niñas, vamos a preparar la cena para nuestros caballeros porque, aunque no seamos sumisas, nos gusta compartir una buena mesa.

Bertha —¿Tu mamá no sabe nada de Babilonia?

—¡Ay amiga! Si lo supiera ya nos habrían enviado a una institución para enfermos mentales.

—¿Y tu papá?

—Creo que no, a menos que los muchachos le hayan dicho algo, pero él es más comprensivo, más tolerante, de mente más abierta y, aunque no les creyera, es indulgente.

—Mi padre, el rey del imperio Medo, es como mi esposo. Muy estricto e intolerante con los traidores, cobardes o desobedientes. No goza matando, pero no le tiembla la mano para poner ejemplos que disuadan a los Medos de incurrir en conductas deshonestas o que pongan en peligro la paz y seguridad de que goza nuestro pueblo. Créeme, aunque fuera su hijo, mi padre y rey ya se hubiera deshecho de un monstruo como Evilmerodac.

—Su padre supone que un hombre recio como él es el idóneo para continuar su legado, continuar construyendo la ciudad más bella de la tierra, llenándola de increíbles jardines, haciendo respetar a Babilonia, pero yo pienso lo contrario. Todos nuestros vecinos lo conocen y lo odian. El día en que el temor sea menor al odio lo matarán. Mi esposo, el rey, lo está comprendiendo ahora que la seguridad que su amado hijo y la mía están en peligro.

Amiga, conozco a tus padres, pero sabes, no sé nada de la familia de Humberto. Por lo que supongo, él es un rey, pero no se dé dónde. Por lo que ha dicho, su padre y su abuelo fueron reyes también, pero desconozco su dinastía.

Bertha, sonriendo, le respondió que hasta donde ella sabía Malick era sólo un apellido, que los padres de Berto murieron antes de que ellos se conocieran y no sabía que tuviera hermanos.

—*Pero sabes que Malick significa rey ¿Verdad?*

—*Pues no, no lo sabía. Tendré que preguntarle. No sea que tenga un harén a mis espaldas, porque puedo ser más peligrosa que el tigre de Babilonia.*

Terminaron de poner la mesa junto con Casandra, colocó sólo copas para vino tinto, a pregunta de su hija contestó que los jefes (Gil y Berto) preferían ese vino, que traerían seguramente porque lo hacían siempre y así fue. En ese momento entraban los "muchachos" como ya les llamaban, trayendo carnes frías, quesos, botellas de vinos de la Ribera del Duero, preferidos por don Gil por la calidad de las uvas de ese lugar cuyos viñedos eran centenarios, teniendo el clima y los viñedos el efecto de que los vinos fueran excelentes.

Jugando, Casandra montó su escoba alegando que Argentina, Chile, Italia y muchos otros lugares del mundo producían excelentes vinos ¡Y qué decir Francia! Agregó maliciosamente Bertha, que traía en las manos unas botellas extraídas de la cava de su papá, cada una de un país distinto, ordenando: ¡Comienza la cata!

Fueron tantos y tan buenos los vinos de la cata que los "muchachos grandes" durmieron como trompos roncadores.

Pero como un buen macho nunca confiesa su cruda, al día siguiente se levantaron tarde, pero ¡Muy bien! Tan bien que después del almuerzo y de dos o tres cervezas se durmieron placenteramente hasta la hora del desayuno del siguiente día.

Al llegar a la mesa todos comían hot cakes con tocino, mucha mantequilla y miel.

Con sólo verlos se les quitó el hambre.

Capítulo XIV
Una nueva familia

Se integró una gran familia en la que Nabu crecía feliz, rodeado de amor y seguridad al grado de no extrañar su tierra.

El muchacho fue creciendo, resultó un buen estudiante, destacaba en los deportes, era el acompañante oficial de Casandra, su compañero de supermercado, ayudante en la cocina,

Hermano menor de Marius que así lo presentaba, integrante del grupo de "los muchachos" con los que asaba carnes los sábados en la noche.

Cuando su "hermano" Marius cumplió los dieciocho años, le dieron automóvil y mayor libertad, él llenaba el espacio que dejaba el mayor, sobre todo cuando entró a la universidad.

Ami se convirtió en decoradora de interiores y diseñadora de jardines, asociada con Bertha, Casandra y Gil y desde luego Nabu que no se separaba del núcleo familiar.

Humberto se convirtió en el eje de la familia por aclamación. Hasta su suegra lo reconocía como tal.

Los recursos generados por la decoración y el diseño no se tocaban porque querían que el babilonio y su madre tuvieran un capital para su sustento, por lo que se pudiera ofrecer más adelante.

Pero Ami extrañaba a su esposo, deseaba con toda su alma volver a los brazos de Nabucodonosor. En contra de la opinión de la mayoría, acordaron acompañarla a Villa Baalbek, todos.

La reina se despidió del príncipe pidiéndole que no se preocupara, asegurándole que, por el amor que su esposo les tenía, todo estaría bien.

Sí lo estuvo.

Fue una gran alegría para Nabucodonosor II el retorno de Ami y también motivo de tranquilidad porque ella pudo visitar a su padre, que pensaba que le habían hecho algo muy malo, que estaba muerta, y había estado planeando su venganza.

Pero preguntó por su nieto y comprendió la explicación que en secreto le dio su hija. Evilmerodac deseaba que desapareciera todo aquel que pudiera disputarle el trono. Nabucodonosor, durante su largo reinado, logró hacer de Babilonia un reino fuerte y lleno de belleza, más ella creía que a su marido no le quedaba mucho tiempo de vida.

Así fue, poco después de su regreso, el rey murió. El heredero se dedicó a matar a todos los que creía que podían estorbarlo, tanto dentro de la Corte como en todo su reino, entre sus aliados y entre sus enemigos.

Su amante, Lilith le repetía que el desaparecido extranjero tenía que morir y todos sus amigos, incluidos el rey, su esposa, su hijo pequeño y el impostor al que Nabucodonosor trataba como hijo.

Muerto su padre ordenó encerrar a la viuda, pero ocupado con sus enemigos, fue postergando la ejecución hasta que, a dos años de suceder al rey de Babilonia, Lilith dijo que era el momento en que soltara a Amy y la siguieran porque ella los llevaría a su hijo.

Y tuvo razón. Cuando la reina viuda creyó que era seguro, salió por los jardines, llegó a la puerta de la muralla, vio a su hijo del otro lado de la avenida, acompañado por los Malick y cruzó. Detrás de ella, ciego por la ira, atravesó Evilmerodac. Oyeron el golpe, fue lanzado por los aires y cayó muerto. Sus hombres, que salían detrás de él, levantaron el cuerpo metiéndolo a Villa Baalbek.

—¡Mira eso papá! ¡Lo mató un Jaguar! ¡Al conductor no le pasó nada!

Los tres despertaron en el hospital.

El primero en reaccionar fue Marius.

Después su madre.

Fueron a ver a Humberto que aparentemente estaba dormido. Para entrar a su cuarto les pusieron cubrebocas, batas, gorros, guantes. Él hablaba, gritaba, trataba de incorporarse. Estaba atado a su cama —¡No!— Gritaba —¡No! ¡Déjenlo aquí! ¡No está muerto! ¡Va a volver!

Bertha preguntó —¡Qué le pasa!— Marius abrazó a su madre para consolarla, pero él también lloraba.

Los tres han estado bajo el efecto de algunas potentes drogas y de hongos que invadieron sus pulmones, explicó el jefe médico.

Los papás de Bertha, según les dijeron, habían venido a verlos todos los días, pero no les permitían acceder a sus cuartos.

Tres de los enfermeros que fueron por ellos a recogerlos murieron por asfixia debido a los hongos alojados en sus pulmones.

—¿Cuánto tiempo llevamos aquí?

—Un mes, señora.

—Mi esposo ¿Cómo está?

—Sus pulmones ya están libres de hongos, pero él sigue en proceso de desintoxicación. Consumió tanta cocaína que es un milagro que siga vivo. Sus análisis dieron positivo también a marihuana y a otras drogas que no hemos identificado aún. Sabemos que ustedes no consumen drogas, pero el equipo forense descubrió en restos de una vasija rastros de todas las drogas que ustedes inhalaron.

Su hijo y usted ya fueron dados de alta, pueden irse cuando quieran.

Del doctor Malik no sabemos cuándo sea dado de alta, pero posiblemente ocurra pronto.

El equipo médico que les atiende cree que un grupo especializado debe limpiar su casa, ya que hay polvo de estupefacientes y hongos en todos lados.

Diez días después, don Humberto fue dado de alta. Se instalaron en la casa de los padres de Bertha.

Los Malick no habían hablado de lo ocurrido ni de sus alucinaciones.

Cuando estaban solos en la terraza posterior, frente a la alberca, Marius le preguntó a su padre

—¿Sabes qué le pasó a Evilmerodac?

—Vimos que muriera atropellado.

—¿Saben qué vehículo lo atropello?

—Sí, mamá fue un automóvil Jaguar.

—Astarté nos dijo que moriría debajo de un gran felino.

¿Lo recuerdan?

—Sí.

—Papá, mamá, entiendo que tuvimos alucinaciones, ¿pero los tres las mismas?

Quedaron en silencio.

Comenzó a escucharse el bello y leve sonido de un antiguo instrumento de percusión que acompañaba la música de un arpa.

Capítulo XV
Las promesas se cumplen

En su momento, Marcus llamó a su primera hija Isis.

Durante su bautizo sonaba música de arpas y percusiones que llenaban el templo.

Sólo que no había músicos.

Ilustraciones

Página 14.
Imagen de los Jardines colgantes de Babilonia, sacada de un artículo de Infobae de 29 de junio de 2022; Ciencia; En busca de los misteriosos Jardines Colgantes de Babilonia: nuevas investigaciones sugieren que estuvieron en otro lugar. Consultado el 12 de junio de 2024.
https://www.infobae.com/america/ciencia-america/2022/06/30/en-busca-de-los-misteriosos-jardines-colgantes-de-babilonia-nuevas-investigaciones-sugieren-que-estuvieron-en-otro-lugar/

Página 42.
Pinterest. Fra.Run, Página consultada el 12 de junio de 2024.
https://www.pinterest.com/pin/pin-di-david-ardura-su-animales-nel-2024--7529524370412806/

Página 68.
"Pintura que muestra el momento en el que varios rhodesian alcanzan a un león y lo bloquean para que no huya", autor: Antonio López Espada, consultada el 09 de junio de 2024. Imagen de la página web https://www.club-caza.com/article/art/25441

Página 72.
Perro Crestado Rodesiano, Yolo mascotas, Animales de compañía, página web consultada el 09 de junio de 2024. https://www.yolo-mascotas.com/raza-de-perro-crestado-rodesiano/

Página 94.
Placa de Astarté de Alalakh. World History Encyclopedia en español. Ilustración publicada por Osama Shukir Muhammed Amin, publicado el 12 de septiembre de 2017, fotografía de pieza del Museo Británico, Londres. Artículo consultado el 12 de junio de 2024. https://www.worldhistory.org/image/7221/plaque-of-astarte-from-alalakh/

Página 98.
Babilónica Lilith Mesopotamia Placa escultórica tallada en relieve de pared NEO-MFG. Página consultada el 12 de junio de 2024. https://www.ebay.ca/itm/165474912505